牛首宽宽

夏伟 著

U0609496

人民日报出版社

图书在版编目（CIP）数据

牛背宽宽 / 夏伟著. -- 北京：人民日报出版社，
2022.4

ISBN 978-7-5115-7324-7

Ⅰ.①牛… Ⅱ.①夏… Ⅲ.①散文诗- 文集- 中国-
当代 Ⅳ.①I227.6

中国版本图书馆CIP数据核字(2022)第054265号

书　　名：**牛背宽宽**
　　　　　NIUBEI KUANKUAN
作　　者：夏　伟
出 版 人：刘华新
责任编辑：陈　红　邓慧超
封面设计：吉建芳
内文设计：沈家盟
封面题字：张羡崇
漫画配图：吉建芳

出版发行：人民日报出版社
社　　址：北京金台西路2号
邮政编码：100733
发行热线：(010）65369509　65369512　65363531　65369527
邮购热线：(010）65369530　65363527
编辑热线：(010）65369844
网　　址：www.peopledailypress.com
经　　销：新华书店
印　　刷：天津市永盈印刷有限公司

开　　本：889mm×1194mm　1/20
字　　数：120千
印　　张：11
印　　次：2022年4月第1版　2022年4月第1次印刷

书　　号：ISBN 978-7-5115-7324-7
定　　价：77.00元

目录

水流云在　童年可追

何玉兴

朋友圈里，夏伟的文字，抓眼。

像简笔画，寥寥数笔，笔笼山川，纸纳四时；

像解剖刀，刀刀见血，游刃有余，一剑封喉；

像哲理诗，清新隽永，佳句迭出，回味无穷。

一口气读完夏伟的《牛背宽宽》，掩卷赞叹：一个简约的天才，一双清澈的眼睛，一颗赤子的心灵，一抹沉思的剪影。

捡野鸡蛋，抛秧，放野火，练功夫，学骑车，走夜路，烤糍粑，劈甘蔗，老屋，牛背宽宽，等等，一幅幅乡村的水墨画，一张张儿时的围炉图，每一幅都勾起乡愁，每一张都引发退思。

奶奶的蒲扇让他魂牵梦绕。星星在天边，泡桐在上边，竹床在下边，奶奶在旁边。蒲扇轻轻拍下来，不紧不慢，不轻不重。蒲扇轻敲，凉风习习，迷糊睡去，又迷糊醒来。半梦半醒之间，听奶奶们拉家常。"男娃性子野，打几下，才长记性。""舍不得唉，舍不得呢。"蒲扇更轻、更柔地拍。蒲扇，尺余见方，却大得可以盖住少年的整个夏天。奶奶用蒲扇对生命进行了不显山露水却更为宏大的诠释。蒲扇是乡村顺产的孩子，电扇是工业剖腹的儿童。城市快而冰冷，乡村慢而温存。乡村和城市的距离，在于速度，在于温度。

他都写成这样了，你还有什么可说的呢？面对这样的文字，任何评论都显得多余。

在印度，牛，是神圣的。圣雄甘地说："牛是一首怜悯的诗篇，是人类的第二个母亲。"夏伟对牛的情感，比印度还印度，比甘地还甘地。他在牛背上背唐诗，

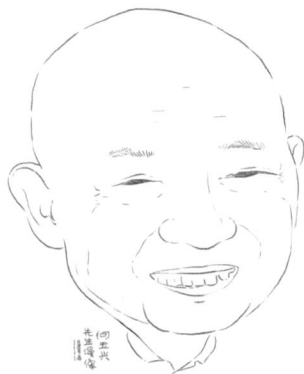

吹牧笛，牛背是他童年的摇篮。牛背，是心的栖息地，是情的寄存处。无数个夜里，安放一颗疲惫的心的，唯有牛背。趴在牛背上，咀嚼生活的酸甜苦辣。牛背上，惯看人生的秋月春风，看得真切，悟得通透。牛背宽，故乡远。

是的，牛背宽，故乡远。欲凭江水寄离愁，江已东流，哪肯更西流？想起英国作家乔治·奥威尔的《上来透口气》：一位厌倦城市生活的保险推销员，回到童年生活的小镇，希望重温儿时的美好时光，现实令他大失所望，记忆中美好的一切破败不堪。

夏伟说："乡村回不去，童年犹可追。"米兰·昆德拉在《被背叛的遗嘱》中说："似乎已离根而去，根，仍活在身上。"时光不能倒流，童年不再，但童心可存，童年的记忆可追。只要永葆赤子之心，心里有爱，脚下有路，前方有光，人生可恋。这是夏伟此书最温馨的启示。

夏伟的文字，舒卷自如，不见浮华雕饰之痕。貌似平淡无奇，其实是一种绚烂至极而返璞归真的平淡，真可谓情真、景真、事真、意真、理真。

英雄不问出处，吃蛋也不必见下蛋的母鸡。我与夏伟至今缘悭一面，只是欣赏他洗练的文字、清晰的思想，特此推荐，与君分享。

白纸黑字在，读者自己看。

国务院发展研究中心

2022 年 2 月 5 日于海南三亚

时间的上游

任林举

书分两种，有字和无字。

直到某日，读到小友夏伟的这本册子，我才恍然大悟。

原来，书还有第三种，介于有字和无字之间。

它打开了一扇窗，让我领悟了有无相生的玄奥。

与小友夏伟，相识于东湖之畔，相知于文学之林。

数年，仅匆匆见过数面，屈指可数。

前年，于北京西单东侧，饮酒长谈，相见恨晚。

对夏伟更多的了解，来自他的微信朋友圈和断断续续浮出水面的文字。

从他数十年如一日的笔耕之中，从他对自己职业生涯和为人处世的把握中，知其心，一而诚。

其文短，简洁而清朗，读之不累；

其文轻，不拿腔拿调，读之畅快；

其文重，看似蜻蜓点水，却是踏石留痕。

读之，让人回到那年那月，仿佛置身其中，字字句句拨动人的情感，使人不知不觉地深陷其幽深语境，心随之忧喜，意随之流连。

这本《牛背宽宽》，是他与好友吉建芳共同的作品。一文一画。文字精短简约，颇具古风，如一幅幅来自遥远年代的素描；漫画灵动活泼，老辣圆熟，如形神兼备的象形字。两者相映成趣，如配合默契的双人舞，舞出未泯的童心，舞出悠远的况味。

　　夏伟的笔意也好，建芳的线条和色彩也好，给人最大的感受，就是轻盈激荡、干净利落，不拖泥带水，能以最快的速度将读者带入某一久违的场景，然后一闪身，人不见了，留给读者的只是一道门。

　　曾经年少，我们背井离乡，去远方寻找人生梦想。人到中年，我们回望故乡，却不知如何回到从前。飞机、高铁都无法载我们回到那个精神的家园。

　　还好，夏伟牵来了一头牛，坐上这宽宽的牛背，就可以快速抵达时间的上游，穿越别人的故事，进入自己的往昔。

　　祝愿更多的人能够通过此书寻回美好的回忆。

　　是为序。

吉林省作家协会副主席
中国作家协会第十届全国委员会委员

任林举

2022 年 1 月 29 日于吉林长春

序三

优诗美地　牛背宽宽

"文字缘同骨肉深"，是龚自珍的名句吧？却非常适合讲述我和夏伟先生的友谊。

那是15年前，我们俩相识在紫竹院的一家湖畔餐厅，有紫竹，有垂柳，有清风，以及空水澄鲜的湖面。

还有什么？我反反复复回忆，好像还有很多莫名其妙的隐喻。

对于我来说，活着就是为了读懂那些隐喻。

在接下来的岁月里，我读万卷书，行万里路，走过了15年的风风雨雨，旅居在优诗美地的大山深处。

我朋友圈里的朋友，不再是人世间的恩恩怨怨，而是高山、峡谷、蓝天、白云和千姿百态的地质奇观。

我活在大自然里，有白皮松做我的兄长，有红嘴蓝鹊做我的妹妹。还有一大群一大群的绿鹦嘴鹎、黄腹山雀和画眉鸟，好像山村里的留守儿童，叽叽喳喳地在我的窗前嬉闹。

忽然有一日，我收到夏伟先生发来的《牛背宽宽》，便特意选了一个雨天来读。

有雨便有云雾。那可是仙乐飘飘的云雾，而不是大都市的霾。

读书亦如读云读雾，有奇妙在云雾中若现若隐。

读到雨花飞散，月照云山，便有隔世之感叹。

成君忆

　　同是一轮明月，在优诗美地，照耀的是山林；在大都市，照耀的是钢筋混凝土的建筑。

　　居住在钢筋混凝土里面的人类啊，举起酒杯，邀请的再也不是明月，而是各种奇怪的爱恨情仇。

　　只有优诗美地的明月，美好得一如陶渊明和王维的时代。

　　而我，也已经活成了一头老牛，咀嚼着万古长空那一轮空蒙的月亮和15年来的诸多往事。

　　想一想夏伟先生，还是当年的牧童模样吗？欢迎他到优诗美地，骑一骑我这头还算健旺的老牛。

著名作家、《水煮三国》作者

2022 年 1 月 12 日于湖北恩施

悠悠天宇旷，切切故乡情。

——唐.张九龄《西江夜行》

01

捡野鸡蛋

野鸡蛋，并非野鸡下的蛋。

一些老母鸡，微有蛋意，却发现窝被别的鸡占着，一着急，自己找了个地方。

这个地方，可能是田埂下的草堆里，可能是稻场的草垛缝隙处。

往往，每只鸡都有一个相对固定的备用地点。

因为不是在鸡窝里下的蛋，被母亲称为"野鸡蛋"。

虽然隐蔽，但是在我这个找野鸡蛋高手的眼里，不是事儿。

"咯咯哒，咯咯哒"。大人说，这是"个个大"的意思。完全是误解，把母鸡当成了喜邀功请赏的功利主义者。而我的理解大有不同，"蛋藏好了，可以开始找了"。

先听声音，如果不是从鸡窝附近发出，必有蹊跷。循着声音，眼睛扫。先找草垛，两个草垛的连接处，有重大嫌疑。接着，伸手，摸。如果伸进草垛缝隙处，有热气未散，接着往里伸手。等着你的，可能是一两个，也可能是十来个，圆溜溜，热乎乎。

惊喜不言而喻。

一些有个性的鸡，会在草垛的最高处掏一个窝，钻进去下蛋。待到你发现时，可能就是十几个。

至于它为什么要爬高下蛋，留给动物学家去解释。我要做的，就是孜孜不倦地发现。

鸡无分老幼，蛋无分大小，探索的乐趣，无穷无尽！

02

买盐记

"盐呢？"奶奶问。我，一脸茫然。

盐没买回来，袋子及一块钱也丢了。一身冷汗。

突然，听到二癞哭喊。

他一手捂脑袋，撒开腿，往屋外跑。跟着他飞出来的，是一根歪头拐杖。

他也丢了盐袋子。

校门口，有村里唯一的代销店，只有那里有盐。路途不近，盐就靠孩子们上学带。

次日，奶奶再给一个袋子、一块钱。叮嘱道，可不要再丢。

下课后，男娃节目多。先是斗鸡，单脚立地，膝盖折起，狂怼别人，人仰马翻，哈哈大笑，黑汗水流。

再就是骑马打仗，大傻个都是上好的马，背着我，撕扯对方。衣服扣子扯掉了，书包带扯断了。

糟糕，盐袋子破了。

到家门口，奶奶一手拄着拐杖，一手扶着门框，眼巴巴地往外看，灶膛里火苗探出头，锅里的菜热气腾腾。

都在等盐。

棍棒有利于记忆，二癞做到了，成功买到了盐。而我，两手空空。奶奶仍笑眯眯，一言不发。

夜晚，梧桐树在星空下，我躺在竹床上，奶奶摇蒲扇，轻轻拍我。

半梦半醒之间，听奶奶们拉家常。"男娃性子野，打几下，才长记性。"

"舍不得唉，舍不得呢。"蒲扇更轻、更柔地拍，节奏慢下来。

次日一早，我拉抽屉，找塑料袋，装钱。到校，敲代销店门板，掌柜探出鸡窝头，装盐，扎口，稳稳地，装进书包。

一整天，时不时按一下，生怕盐漏了。

03

放牛

　　牧童，横笛。那是画。

　　我放牛，诗意缺那么点儿。

　　水牛，黑大个儿，仿佛乌云一朵。

　　初次见牛，惧之。

　　父亲说，摸摸看。伸手，浅浅地触碰，皮硬，毛顺。牛摇尾，扇耳朵。逐渐，喜其温和。

　　我牵着绳子，走在前面，牛跟在后面。牛服从于绳子，绳子服从于我。

　　不光温顺如水，牛还善于承载。它拉着春华，奔向秋实。四季，依次排开。牛耳呼扇，柳树发芽；牛尾轻扫，绿了阡陌。

　　水田，亮汪汪，我和牛，倒影成双。是的，旷野很大，有牛，不孤单。

　　水牛，踏实的伙伴。水牛深沉，寡言少语。偶尔，鼻子里发出"哞哞"声。

　　水牛浪漫，眼中也有远方。吃草时，会突然抬头眺望，眼里似有期待。

　　水牛友好，沐浴在爱的河流。与同伴路遇，鼻子发出轻的"哼"声，曲调上扬。这是路遇，打招呼。

　　水牛吃苦，深刻理解劳动的价值。不管是犁田拉耙，还是打谷拖石磙，从未退缩，始终耐劳。

　　牛背，宽宽，平平，适合任何一个心有远方的少年。

　　找高土坎，这样站得高，好上牛背。双手伸开，掌心向下，用力一撑，双腿一跳，左脚一跨，胸脯一贴，上了牛背。

牛背，是个广阔平台。不同于生命中的任何一个，它载满了许多回不去、盼不来的不可言说。

多年后，在城市地下铁里。

看到大白。

忽然，想起童年那朵黑的云，会下雨的云。

04

做鱼竿

有塘，就有鱼。

钓鱼，需有竿。

抄起斧子，摸进竹园。放眼望去，能入法眼的，寥寥无几。是的，有人比你先到。

只好矮子中间选将军，砍几根，除枝，去叶，拖回屋。

厨屋灶口右边，有个小洞，取火柴一盒。

于八仙桌上，端煤油灯，上屋角，那里避风。

一屁股坐在地上，埋头苦干。

擦火柴，"噗"，点煤油灯。持竹节，对准火苗顶部，现烤。绿成黑，变软，掰直。掰，再烤。

线，相比于竿，要简单得多。买就是了。

不过，买有学问。有粗有细。粗的，钓大个，草鱼和鲤鱼。细的，钓"翘嘴白""屎干皮""麻骨洛儿"。

向谁买？小货郎。他可是个稀客，什么时候来，天知道。遇上梅雨季，两三个月都见不着。望穿秋水。要成大事，得有耐心。

听到拨浪鼓了吗？对，他来了，就在泡桐树下。担子一放，草帽一摘，左手扇风，右手摇拨浪鼓。

纸板，中间两头均有凹陷，缠线的。

多买几根，只因等待不易。

与线配套的，还有钩。大钩配粗线，钓大鱼。小钩配细线，钓小的。

"哇！炸弹钩！"一根铁钎，挂四个钩子，外翻，张牙舞爪。万事俱备，只欠"浮子"。

"浮子"，鹅毛杆制成，串于线上，浮于水面，用以观察鱼上没上钩。寻鹅毛，去毛，截取内杆最粗处，切为五六段。用针穿孔，依次穿好线，调好间距。

好了，可以去挖触虫（蚯蚓）了。

05

挖触虫

触虫，就是蚯蚓。

土生土长，以土为家，以土为食，土里来，土里去。

你说，还有比它更土的不？

但是，古话说得好哇，英雄不问出处。如今，虫也不可貌相。它有价值，不仅在于帮农民松土，还在于它是鱼饵。

我挖触虫，没有农民伯伯爱护益虫的正义感，更没有诗人爱生灵万物的恻隐之心。我动机纯粹，只为钓鱼。

　　断壁残垣处，有残破青砖，半面爬绿苔。搬开，即见触虫。粉嫩、深红者有之，肥腻、粗黑大个者有之。伸缩，欲逃，轻轻一拈，在劫难逃。

　　再搬，又见。三两成群，安于一隅，与世无争。

　　此虫喜潮湿，一般在屋檐下、排水沟边藏身。或者，在沤肥干池中。干池里，有鸡粪、鸭粪、猪粪，还有干草。

　　触虫也是池中物。沿干池边，铁锹切土，翻开土，即见触虫。一刀两段，估计疼痛难忍。就算是残破的触虫，也有用。扔进粗口瓶里，内有黑土垫底。抓土，再抓，使其松动。

　　每次钓鱼，需要触虫若干，少则十几条，多则几十条。

　　触虫，一般有两种。

　　一种，又黑又粗，鲫鱼不爱吃，连草鱼也不待见，"黑粗"当鱼饵，在鱼钩上泡成"白美"，都没有鱼来光顾。

　　另一种，又细又红，各种鱼常争相抢食，满钩子下去，空钩子上来。

　　丢触虫进瓶，眼看它钻进土中，享受片刻安宁。

　　触虫哪里知道，鱼儿在等它？

　　鱼儿哪里知道，钩子在钓它？

06
钓鱼记

砍竹子，削枝叶。

搬小板凳坐下，竹竿一头放在膝盖上，取出火柴，擦出火，点上煤油灯，轻轻地对准竹节烧。

黑了，也就软了，扭正弯的地方。

钓鱼竿，成了。

所有的光杆司令，都要有队伍才能打仗。

一根竹竿，同样需要等它的队伍。

竿儿，只是它的基本构架，就像人的骨架子，还要有血有肉。线和钩子就是它的血和肉。

货郎的拨浪鼓响起来时，线和钩子就来了。

货担的玻璃格子里，线有粗细两种。

钩子呢，有炸弹钩，有子母钩，有鲫鱼钩，有草鱼钩。

浮子，向家里的鹅借去。

虽然这不是与虎谋皮，但与鹅谋毛，难度也不小。

还没走近，它张开翅膀，迎上来啄。

嘴巴虽钝，力度却不小。

趁着鹅下蛋的时候，我悄悄挨过去，从翅膀后扯一根，撒腿就跑。

剪成几段，拿针从横截面的中心穿过去，钻洞，再将线往里穿。

装上鱼钩，一副钓鱼装备就成了。

挖蚯蚓也有技术，必须挑红色的、细的那种，那是鱼的最爱。

黑色蚯蚓，不受鱼欢迎。

在吃的方面，鱼和人一样，很挑剔。

装上蚯蚓，将钩和线"咻"地扔出去。

鱼漂不见了，扯上来，往上调，再扔下去。反复几次后，一排间隔均匀的白鹅毛梗浮在水面上，就可以了。

偶尔有蜻蜓立于钓鱼竿尖上，顾影自怜。

沿着钓鱼线看过去，一段一段的浮子，像洁白的牙齿。

浮子会说话，它会告诉你，鱼儿上钩还是没上钩。

07

洗冷水澡

"站住！"父亲吼。

我侧身，往屋里溜，不料，被逮现行。

"洗冷水澡，吃了豹子胆！"仿佛，每一个字都是咬出来的，一字一顿。

"没，没。"一个字比一个字声调弱。

阳光斜射。透过屋顶三块亮瓦，形成三根光束，地上三个椭圆。光束里，灰尘加速乱舞，多半因吼声所致。

"还嘴硬！"父亲一把扯我，胳膊生疼。一个趔趄，我差点儿摔倒。他伸右手拇指，刮我的胳膊，火辣辣。一条白色的刮痕，人赃俱获。

父亲不准我洗冷水澡，实有前车之鉴，邻村淹死过小孩。

知了端坐在树上，嗓音坚定持续，给热烈的夏增添了燥的注脚。汗水，在知了的单调奏乐中，徐徐下落。面颊上痒痒的，手一抓，四条黑迹。心里有个声音在喊："洗冷水澡去。"

呼朋引伴，"一拍即合"。

二癞太小，不想带。他哭喊，拉衣服，抱大腿。

"你们不带我，我就告大人去！"踢几脚，不松手。往前走，他就在地上拖。烟尘滚滚，哭声滚滚。

"滚！"

"就不滚！"

小不忍则乱大谋，妥协未必假豪杰。不过，约法三章：帮看衣服，不准下水。

"扑通！""扑通！"此起彼伏。

蓝天下，池塘中，水花溅，笑声落，鱼虾遁。好一片欢乐景象。

洗冷水澡，多用狗刨式。哪有蛙泳、蝶泳、仰泳这么多名堂？

浮起来是硬道理，游起来是真道理。

08

电扇

盼，秋水几望穿。

它，却一动不动。

从城里淘汰下来的，全村唯一的电扇，仿佛水土不服。

二十世纪八十年代的大万村，一台电扇搅动原生秩序。接上电源，打开按钮，我"运功"，念念有词，"来来来"。电，真的会来吗？

一般不会，不过，也不绝对。

也巧了。真有那么一两次，电扇真的转起来了。

一次，是屋外大风吹的。另一次，是电真的来了。

叶片转起来，我和弟弟抢位置，都要站到电扇正前方。有了纷争，自然需要调和。父亲走过来，提电扇"脖子"上的按钮，电扇左右摇头。弟弟跟着电扇滑步，我也跟着跑。他对着叶片喊"啊～啊"，我发出更大"啊～啊"声。

叶片像切割机，把声音打碎。某些声音被拉长，某些声音被带偏。

电扇，也有不吃香的一天。再没有人围着，更没有人抢位置。这时候，才显示出它的特有属性。并非宠辱不惊，并非从容淡定。

电来了，就转动，摇头，吹风。

电走了，就静止，不动，沉默。

我确信自己真的不喜欢电扇。某天夜深，躺在竹床上，奶奶摇蒲扇，我瞬间明白。蒲扇不大，风也很小，奶奶轻轻地扇，我沉沉地睡。

多年以后，在国家博物馆参观改革开放 40 周年展览，看到那台老得动弹不得的电扇，思绪回到回不去的乡村那年。

出走半生，才明白一点。城市快而冰冷，乡村慢而温存。乡村和城市的距离，在于速度，在于温度。

蒲扇是乡村顺产的孩子，电扇是工业剖腹的儿童。

泡桐

夏，给知了以舞台，位于泡桐树上。

这位"麦霸"先生，只会一个调，只唱一个调。无论其一生何其短暂，都不曾放弃对歌唱艺术的追求。

它挟热浪滚过来，足以让夏增色不少。

火红，热烈。

好在，出大门，就进入了泡桐搭建的"清凉之家"。

大树底下好乘凉。白天，小货郎直奔树下，大人小孩穿梭于其间，针头线脑，鸡蛋方糖，应有尽有。夜幕降临，竹床一字摆开。泡桐树下，又成了家长里短的聊天场。

萤火虫前来助兴，飞来飞去，一会儿落在草尖上，一会儿落在泡桐树上。

星星在天边，泡桐在上边，竹床在下边，奶奶在旁边。

泡桐以婀娜枝叶为手，去撩拨夏夜的星空，搅动风生水起。

偶尔，流星划过天际。当时并不知道，某个星球以即便燃烧也要辉煌的姿态，诠释生命的意义。这与知了对生命的表达，并无二致。

与知了的恒久和流星的悲壮相比，奶奶用蒲扇对生命进行了不显山露水却更为宏大的诠释。

蒲扇，不过尺余见方，却大得可以盖住少年的整个夏天。

泡桐树下，竹床之上，有蒲扇轻轻拍下来，不紧不慢，不轻不重。蒲扇轻敲，凉风习习，我迷糊睡去，又迷糊醒来。

睁眼，仍受泡桐夭夭以覆盖，仍受星河渺渺以凝视，仍受蒲扇呼呼以轻敲。

多年后，再回老屋，屋之一角，竹床孤零零，立在那里。蛛网像天地贴上的封条，童年岁月静待其中，无声无息，无欲无求。

墙上，蒲扇四周缝上的粗布，针线走向依然清晰，纹路走向依然条理。

泡桐已老，派去看世界的人已归，出走半生，华发两鬓。

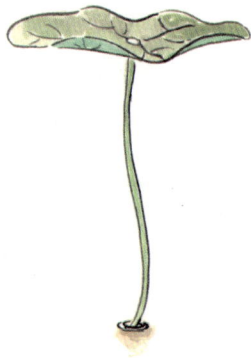

10
踩藕

深吸一口，荷香就进了肺。

火红蜻蜓，立于尖荷之上。一阵风，它迅即飞走。

叶如华盖，夏天在仪仗中浩荡出行。知了长鸣开道。水珠于荷面，晃来晃去。又一阵风，水珠沿荷之经纬，如坐上过山车，高起，低落。珍珠断线，"叮咚"入水。

荷叶，是天然的伞。手执莲蓬，头顶荷盖，农家少年在夏天里。

生命的瑰丽，不仅在于可见，还在于不可见。

花，呈现于姹紫嫣红，仲夏深处。

叶，彰显于微风过时，绿浪翻滚。

藕，泥淖之中。

走，踩藕去。

"扑通"，下了水。

沿着荷叶秆茎，脚往泥里探，再探。触碰到硬硬的，就是藕了。一只脚站，另一只脚挖，若站不稳，可能跌入荷塘。运气好时，呛几口水；运气不好，被荷叶秆茎拉几条带血的口子。

　　踩到藕，用脚顺着泥横向蹚，能估摸到这藕有多大。可以起藕了。先探下身子，清理藕周边的泥。不多时，拿住藕的中部，用力，往上拖。

　　一段完整的藕，出水了。

　　真是一个"黑胖子"。洗洗，就成了"白胖子"。如婴儿的手臂。咬一口，甜丝丝的。忍不住多吃几口，脆得很。

　　藕一般有八个孔，我老家的居然有九个。为此，我认真数过，还真是。

　　如今，离家多年，住在城市。

　　也曾在莲花池看荷，也曾在菜市场买藕。本想叙叙旧，却无从开口。

　　相见，却不相识。

11

扯秧

秧苗，绿油油。

密密麻麻，排列如兵。

长到一尺高，必须扯起来，运到稻田，拉开间隔，重新种植。好比原本一家人，儿女成群，各自长大成人，要成家立业，开枝散叶。

秧苗离开秧田，有出嫁的意味，却无半点哭嫁的悲伤。秧苗若有灵，必然欣喜，必然欢乐，必然畅快。

是的，将要去到更广阔的天地，去往上长、抽饱穗、结硕果，谁能矜持？谁又能淡定？

那里，四季蕴藏天地灵气，时间空间构筑舞台。农人的蓑衣，水牛的弯角，汇合，交织，重构。

搬小马扎，坐于秧前，扯秧。

这是一种特殊的马扎。底宽，船形，不易倒。中空，便于放草绳。草绳，用于捆秧苗。

弯腰，双手摸秧苗根部，拇指配合其他几指，扯下秧苗，顺手在马扎两侧水中来回涮。几番洗涤，根部的泥掉了，秧苗也轻盈起来，便于搬运。

两把露根的秧苗，合成一把，从马扎下取出草绳，捆住根部以上大概两指的距离。顺手放在左后方。秧苗捆成的秧把子，一字排开。

涮秧苗时，浑水中一浪一浪，秧把子欢快起舞，一唱一和，热闹非凡，秧田仿佛活了起来。

我下秧田，揪住秧把子顶部，一次能扯四五个秧把子，往田埂上拖。

置于田埂上，将水沥干。水干了，根部朝外，叶子朝里，放进竹篓，由劳力挑走。

稻田，水汪汪，如大地之眼，求贤若渴，望穿秋水。

12

抛秧

秧把子，散落田埂。

抛秧，既是排兵布阵，也是对农事战略布局的战术实现。

将军是沙场秋点兵，而父亲，是稻田夏点兵。秧把子，就是他的兵。

他伸手，抓秧把子，大约七八个的样子，一个排的编制。

他提溜秧把子，将根部浸入水中，反复涮，洗泥。这是在精简机构，除臃肿。

他提起秧把子，悬在空中，沥水。这是在优化组织，去水分。是的，轻装上阵。经过"整肃"的秧把子，能抛得更远。

父亲提秧把子，放到右侧身后，身子斜后倾45度。

"走。"父亲一提气，大大小小的秧把子，呼啸而过，飞越头顶。像利剑出鞘，像猎鹰出击。

那一刻，草船借箭里万箭齐发、卖火柴的小女孩划亮火柴、课本里的"大珠小珠落玉盘"，在我脑海里涌现、交织。

那一道道美丽的弧线啊。

请原谅我语言的苍白。

溅起水花，少说也有几百朵，开在蓝天白云的倒影里。

激起涟漪，少说也有几十个，相互拥抱握手在水面上。

水汪汪的稻田，绿油油的秧把子。

农民、稻田、秧把子，呈现团结、紧张、活泼的氛围。

抛秧，落点必须恰当，分布必须均匀，这是检验技术的重要标准。

没有经验，如我，抛出去的秧，距离不远，落点扎堆。

父亲抛的呢，不仅距离远，而且落得规规矩矩，恰到好处。这技能，无法言传，只能自己琢磨。

世间的大多事，皆如此理。

13
插秧

那不是稻田，而是白纸。

那不是秧苗，而是颜料。

母亲左手一握，右手一挑，解开秧把子，递小半把给我："像这样，左手大拇指搓几根，右手接好，栽到泥里。"

我侧身，歪着脑袋，瞪大眼睛，用力看。

母亲左手搓，右手栽，如鸡啄米一般。一会儿，面前的秧苗均匀、齐整。

我想起方格本，想起方块字，想起"b, p, m, f"，想起"哆来咪"。哪里是秧苗啊？更像是音符，和着旷野呼呼的风，欢呼、跳动。

我仿佛听见，优美旋律在倒映蓝天白云的稻田里，穿梭、流动。

根入泥土，秧苗便有了更为厚重的滋养。

风吹过来，我似乎看见它们大口喝水，畅快生长。

插秧，对当日之我而言，是对未知世界的惊喜试探，而于今日之我，则分明是一种生命对另一种生命的成就。

其实，还远不止这些。

左手怎么搓，搓几根，右手怎么接，讲的是配合协同。

栽种时，搓多搓少，根入泥土的分寸，又是一堂"尺度"课。

　　谁说不是呢？搓多了，种下去秧苗营养不足；搓少了，秧苗不足，肥力浪费。根入泥浅了，雨后，秧苗会漂起来，不能成活；根入泥深了，秧苗被水淹没，死路一条。

　　不是秧苗娇气，规则如此。

　　大自然像个讲理的暴君，顺之则昌，逆之则亡。

　　插秧如做人，须守天道，须顺四时，须知敬畏。

　　有一种作风，叫横平竖直，不偏不倚。

　　有一种前进，叫以退为进，步步为营。

蚂蟥

这鬼东西,悄悄进村。低调,无声无息,打枪的不要,闷声吸血。

最初关于蚂蟥的记忆,大约两岁到三岁之间。

一次,坐于田埂,小脚丫放田里摆动。若隐若现,游来一条黑色长虫,趴在脚面上。不敢捉,使劲甩,肠子都快甩出来了,蚂蟥却我自岿然不动。

它带真空吸盘。虽说不疼,但恐惧。

插秧时,当你感觉痒时,蚂蟥附体无疑。低头一看,果然,有个家伙,大腹便便。肚子里,都是你的血。每逢这幅景象,仇恨之火顷刻间蔓延,星火燎原之势。

有时,从泥田起来时,腿上趴着三四个蚂蟥,大大小小,错落有致。依次扯下,血流如注,分几路顺着泥水往下流,惨不忍睹。

有时,早晨一觉醒来,枕边躺着的,不是父母兄弟,而是一个圆滚滚的蚂蟥。不寒而栗。显然,此货库存已满,装不下更多的血。这是头天下田时,爬到背上或者脖子上的蚂蟥,漏网者。

对付蚂蟥,办法不少。

找枯枝一根,从一头捅进去,按住身子,给它来个反穿衣,场面血腥,少儿不宜,却最为热衷。

或者,找石板,用小石头围圈,蚂蟥如困兽,在晒热而滚烫的石头上,左冲右突。

若是还不解恨,可以在烧火做饭时,扔进灶膛。

有一招,千万听我的,不要用。可不要将蚂蟥剁成几段。为什么呢?

剁几段,干死还可,若遇水,蚂蟥各段单独成活,一不小心,"蚂"丁兴旺。

这就是物极必反吧。

15

薅秧

携一根龙头拐杖，不是仗剑走天涯，而是去薅秧。

薅秧，就是给秧除草。现在多用除草剂，而当时全靠人工。龙头拐，是支撑身体用的。

秧苗长到齐膝高，就是薅秧的最佳时节。放水，直到泥露出来。一脚踏入秧田，脚陷下去的地方，水涌进去，同时，也有各种野生水虫。

一般的虫子入不了法眼，有两种虫子永生难忘。

一种是蚂蟥，趴在腿肚子上，默默无闻，无声无息地吸血，直到你感觉痒时，为时已晚，结下血海深仇。

另一种不知名字，白色的肉虫，两头有红嘴，扎一下，疼得钻心。

对于我而言，前者是婉约派，后者是豪放派。对于这两派势力，我有的是斗争办法。

薅秧，也是斗争。农田里有杂草，以稗子为首领，它们争夺秧苗的肥力，破坏稻田的"正义事业"。薅秧，是人工干预法，除掉"破坏分子"。

左手拄拐，右手叉腰，左脚和龙头拐作支撑，右脚探入秧苗的间隔，伸进去，拖回来，要铲到底，把杂草的根拔起。或者，用力踩，将杂草按到泥里，使它们永世不得翻身。

遇到顽固分子，母亲更有绝招。只见她的右脚大拇指和食指呈钳子状，直接钳住，扯起来，扔到田埂上。一种鹤立鸡群的秧苗，母亲扯起来就扔。

我纳闷，这秧苗长得绿油油，根茎粗壮，却要扔掉。

母亲又找到另一株，果断扯起来，对我说："你看，这片叶子比稻禾粗，是稗苗。"

禾苗没有抽穗时，我是决然分不清的。见微知著的功夫，还得练。

16

照水

喉咙管冒烟，不想说话。

村民你看着我，我看着你。眼珠子里，仿佛在冒火。

稻田，干涸数日，起了裂。

爷爷不抱孙子，抱收音机，贴在耳朵边。

收音机说："多云。"

爷爷眼睛眯成一条线，"有盼头了"。

其实，收音机还没说完："多云——转晴。"

爷爷的脸，马上"晴转多云"。

电线杆上，大喇叭响："各村民小组注意，各村民小组注意，今晚每家派两人，到明山水库沿线，照水。"

爷爷的脸，瞬间"多云转晴"。

村民你一嘴，我一舌。

"这明山究竟是个什么地方，怎么那里有水？"

"不管了，叫去照水，就赶紧去，可不要像上次，让姜屋塆截了。"

明山水库，位于白果。供水铁门和潘塘，听起来遥远，却是村民的希望。明山水到大万村五组，要经过大大小小几十个村。周边，也是嗷嗷待哺、干裂的稻田。上游得地利，夜黑风高，正好筑坝截水。

照水，就是沿渠分兵把守，除了对付跑冒滴漏，最主要的是对付上游的非法截流。

我们被分到姜塆村后的一段水渠。

卷铺盖，拿手电，走在乡村小道上，万虫齐鸣，风声呼呼。

到了驻地，安营扎寨。

爷爷善观水势，见水流大，就打盹儿。见水渐小，必有蹊跷。他瞪大眼睛，抄起手电，往上游走，走路带风。他边走边吼："看到你了，叫你偷水？"

一阵窸窸窣窣，有人逃窜。心想，爷爷眼神真好。

"什么都没看到，要的是个气势。"

爷爷淡定得很。

17
割谷

谷子，金黄。

黄到像前喜伯伯的大金牙时，谷子就要回家了。

家在粮仓。

驾拖拉机，于田埂铺水管，抽田。泥鳅现身，在水洼里跳，这就可以下田了。

踩进泥，始觉冰凉，脚踝深陷，就不凉了。

弯腰，左手把稻，右手握镰，对准根部，往怀里一拉。侧身，回头，放在左后方，一字排开。

一不小心，镰刀拉手上。血鲜红，渗出，由点成线，由线成团，和着汗泥，火辣辣，生疼。
"刺啦"，母亲撕下一块白布，缠小拇指。虽是轻伤，但也下了火线。

坐在田埂上，或躺下，嚼草根，微甜，看天空，湛蓝。

割谷动作单一，始新鲜，后觉无趣。其实，并不是。

有时，眼前禾动，由近及远，疑似活物，逃之夭夭。这案是决然破不了的。蛇？蛙？鸟？
不得而知。

有时，镰刀推进到空缺处，有草窝一枚。空无一鸟，有鸟无蛋，有蛋无鸟，情况各异。

有时，泥洼里，有一条，或者两条鱼，拼死挣扎。

在母亲看来，割谷之外的乐趣再多，也不能偏离秋收这个主题。于是，母亲道，你们
想怎么割都可以。好嘞。老鼠打洞，谁不会呢？

我割一个正方形，弟弟就割外切圆。

我割一头大象，弟弟就割大老鼠，在象耳边。

割着，割着，天暗下来，要下雨了。母亲挥手，收工。

我飞一般，爬上田埂。

弟弟说脸上痒，把脸凑过来，我顺势一抓。

"泥脸猴"横空出世。

041

18

抱谷子

抱谷子，是相遇问题。

谁说不是呢？

一捧又一捧谷子，与臂弯相遇。

深一脚，浅一脚，跟着母亲走，大脚印与小脚印相遇。

谷子收割在田，若不及时抱走，遇雨便前功尽弃。

从泥里起，往田埂边走，稻禾挡住视线，看不见路，全凭感觉。

虽然，抱谷子不是高新技术，但干好需要技巧。下手浅了，有遗漏；抱得深了，拖泥带水。

谷尖扫在脸上、胸口、胳膊，奇痒，却无手可挠。抱谷子的滋味，并不好受。

有时候，也会有悬崖勒马式的转机。

乌龟，是抱谷子的最佳遇见。

笨手笨脚，探头探脑，它从哪里来的？到哪里去？

龟甲上有纹路，像羊肠小道，先知天机与憨厚外表，对立且统一。

它是动物中的智者，遇事从不出头，一辈子韬光养晦。就算你拿狗尾巴草挑拨离间，它也不理不睬，定力不输老方丈。

幸运时，一个稻田能找到数只乌龟。两个及以上，就可以在田埂上开运动会。爬得慢的赢。

若碰上麦收季节，偶遇小野兔一只，可不要急着温习烹饪技术。

寻大簸箕一个，重温龟兔赛跑的哲学经典，领悟其中的道理。

奇了，怪了。

一个灵动，一个呆萌，一个急匆匆，一个慢几拍，没有奇缘，怎生遇见？

想不明白就对了，抱谷子可能还是个哲学问题。

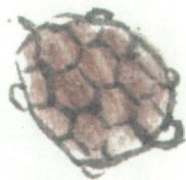

19

挑草头

"舍不得用劲，冇吃饭哪？"父亲吼道。

他抬右膝盖，整个人跳起来。

用身体去压稻堆，似乎，用命去扯"蒦子"。

"蒦子"是个什么鬼？

见过草绳吗？"蒦子"，是草绳，粗且结实的那种。

有多少捆稻禾，就需多少根"蒦子"。

解开"蒦子"，放田埂上，抱来的谷子放"蒦子"上。

抱谷之前，必须扎好"蒦子"。

我搬小马扎，跟在母亲身后，找草垛，阴面坐，不晒。

三婶、四姑都来，拉着家常，手却不停。干草，在手里翻转腾挪。不多时，"蒦子"堆成小山。

"蒦子"扎起来是一把一把，扯开来是粗长绳。

稻禾经"蒦子"一捆，成了"草头"。

想把"草头"运到稻场，除了挑，别无他法。

一般，挑东西得用扁担。"挑草头"用的，可不是普通的扁担。比木扁担要长、材质更结实，两头尖角，铁皮包，叫"冲担"。

"挑草头"是大活儿，一般男劳力承担。

父亲拿起"冲担"，对准"草头"刺。蹲下，肩膀靠近串好的"草头"，在胳膊助力下，压低"冲担"另一头，刺另一个"草头"。左腿一顶，移肩膀于"冲担"中部；右腿一送，一声大吼"起"，担子就撂上肩了。

气势，不亚于卫星发射点火瞬间。

田埂蜿蜒，倒影成排，稻穗忽闪忽闪。

20

捡谷

来来往往。

田埂窄窄，"草头"闪闪，人们穿梭。

"草头"在前，小孩在后。低头，捡稻穗。

眼尖手快的，一捡一大把。

心思活跃的，捡的不是谷，而是田野的生机。

蛤蟆跳，蚱蜢飞，水蛇往泥田逃遁，乌龟在池塘游弋。偶尔，鱼儿跳出水面，白肚皮，亮鱼鳞。水牛埋头吃草，突然，抬头，张望远方。三两只白羊，在草地上打转，扯绳子，眼中充满渴望。

只有孩子们，可以赤脚，奔跑于天地、田野。

捡谷，不是正经农活，乐趣却多。收获颇丰者，手舞足蹈；手中羞涩者，迎头赶上。蹦蹦跳跳，到稻场领赏。

前喜伯伯说，每一根稻都有灵性，捡谷，就是帮它们回家。

小孩子可没想那么多，只知道捡谷越多，得到糖豆越多。

孩子围绕在前喜伯伯周围，双手举起稻穗，几乎扫到前喜伯伯的鱼尾纹。他转身，取小糖豆，俯下身，依次放进叽叽喳喳的嘴里。

舌头遇糖豆，甜浸入血液。长大后，这种感觉再未有过。

"拨弄，拨弄"，声音从拨浪鼓发出。

小货郎进村了，找个树荫，放下担子。

前喜伯伯背着手，慢悠悠走过去，伸手掏纸包，颤颤巍巍打开。右手食指在舌头上点："一角，两角，三角……"

一辈子没孩子的前喜伯伯，又买糖豆。

21

打谷

伸手，稻谷堆湿热。

仔细看，咋还冒热气？

父亲自言自语："不能再等了。"随即，扯下一捆，往外拖，稻场里，灰尘滚滚。再扯，隔两三米放一捆，一排排。有种"沙场秋点兵"的感觉。

解开葽子，草头散落。葽子，想必有如释重负的感觉；草头，想必有野马脱缰的感觉。

抖谷，是个巧活儿。父亲一边抖，一边吼。

"谷穗要朝里！像我这样！"

"这里抖太厚了！去，抱过来，再抖！"

……

"谷穗如果不朝里，会怎样？"我心里想，但不敢问。

父亲仿佛看透我。"谷穗不朝里，石磙碾不到。"

"哦。"

稻穗平铺，薄薄一层。牵水牛，套粗绳，架石磙。

扬鞭，水牛带石滚，"吱呀呀"，开过来。一圈一圈，石磙压稻穗。

从春到夏，从青到黄，谷粒儿与稻禾，从未分离。这一刻，虽然也算瓜熟蒂落，但没有外力，恐怕难舍难分。我想，谷粒离开稻禾，就像婴儿离开襁褓，人要离开家乡。

牛拉着石磙，父亲牵着牛，那样轻车熟路，那样理所当然。

牛饿了，随口卷草，边嚼，边走。

半晌后，父亲停下来，抓一把稻草，看了看，扔地上。全家人上阵，拿扬叉，叉草，捆草，拖走。谷粒儿，乖乖地躺在稻场上，厚厚一层。父亲拿木锨，猫腰，左手在前，右手在后，前高后低，顺势一铲，往上猛一挑，一锨谷，扬到空中。好个大珠小珠落玉盘！

谷子，垂直落下来，实的虚不了。

草末，随风飘不远，虚的实不了。

几斤几两，多大分量，一铲，一扬，一落，立见分晓。

22
晒谷

父亲推开门，抬头，看天。

东看看，西看看。转身，回堂屋，伸手，自门缝里摸出一件农具。四四方方的，上面是把手，把手下镂空，底下是实木板，上挂两根粗绳。

"晒谷去！"父亲吼。

我伸手，揉眼，迈腿，往稻场走。

稻场，在村东侧，太阳从那里升起，我要到那里去。

等我走到那里，就完全醒了，乡村也醒了。

稻谷堆成小山，稻草盖着谷子，石头压住稻草。盖稻草，为了防露水打湿谷子；压石头，为了防稻草被风吹走。搬石头，掀稻草，湿热的谷堆，就露出来了。

我爬上谷堆，扎脚。奇怪，别人怎么就若无其事？

"先忍一忍，再看看谁狠。"我心想。

后来，我真的想到了办法。其实，也不算高招。假装不疼，就真不疼了。

这不是阿Q吗？

不过，也有收获。从那时起，我认定，娇气病都是自己给惯的。

我在谷堆上扶农具，父亲在谷堆下拉绳子，如猛虎下山，把谷子平铺稻场，洋洋洒洒，一气呵成。

"去推谷。"父亲丢下一句话，绝尘而去。留下我，还有石磙。

看别人晒好的谷，我明白"推谷"是啥了。

开始吧。

我站到稻场一角，双腿并拢，双足擦地，像机器人，往前走。我与谷子融为一体。过去一趟，回来一趟，再过去，再回来。

脚在谷里走，谷在脚面滑。开始很痒，微痛，后来不痛，微痒。可不要光顾着低头推谷，抬头，满目是景。

　　比如呢？

　　炊烟，升腾于红墙黑瓦之间。

　　金光，照射于谷阵纵横经纬。

23

收谷

谷子，热烘烘，平铺在稻场。

太阳正在下山，味道却留在谷子里。

父亲弯腰，抓一把，凑眼前。

站起来，放嘴边，舌卷两三粒，嚼。

"噗噗"，吐出来。

收谷需装袋，袋子有两种。

麻布袋，粗线造，大，扎实，能装。

蛇皮袋，塑料条，小，小巧，精致。

小孩负责撑袋子，大人铲谷往里倒。

撑开口子越大，往里倒谷越省事。

撑袋子，并不简单。

蛇皮袋小，虎口张到最大，拇指和食指形成"八"字，两手分别于袋口，形成窄窄的长方形。

麻布袋就不一样，虎口撑再大也不够用，必须用肘子作支点。

谷里有灰土，撑不好，要出洋相。

"噗噗噗，咳咳咳。"

父亲铲谷，倒进蛇皮袋，风吹过来，我一脸一身灰。

前喜伯伯来了，左耳夹根烟，手里半根烟。

他笑嘻嘻，露出黄牙一排、齿洞几眼。

"撑袋子不知道在上风头？"

说着，走过来，给我做示范。

以前，看前喜伯伯，总感觉他没个正经。

可这一次，不一样，不吃土了。

转身，留给我一个瘦弱的背影。

时间过去几十年，那个背影，我以为自己忘了。可遇到困难时，却很清晰地来到我面前。

过河，要找到桥和船。

前喜伯伯就是收谷场上的桥和船，让我迅速掌握了经年积累的成功经验。

我仿佛回到那村，那年，那月，那天。

太阳正在下山，太阳的味道刚好装进袋子。

24
卖谷

父亲牵牛。
牛拉板车。
板车驮麻布袋。
麻布袋装谷。

前面，是铁门岗乡粮站。

弯弯绕绕，沟沟坎坎，走走停停。卖谷的路上，时有状况。

一次，轮子深陷泥沟。父亲举鞭子，做抽打状，牛气喘吁吁，轮子嗖嗖打滑。这时，蛮力不管用。可找硬土块，填在轮子前后。也可在路边扯干草，揉成团，塞轮下。

父亲扬鞭赶牛，我们抬板子。

"起！"大喝一声，轮子离开泥沼。一时间，柳暗花明。我们走在大路上，头顶小鸟盘旋。我们唱歌，牛摇尾巴，小鸟飞舞。

另有一次，路遇一只受伤白鹤。红嘴，白头，路旁扑腾。看到人，想逃，却跑不远。抓在手上，仍在挣扎，翅膀被鲜血染成红色。我扯破布，包扎，止血。喂谷，被拒绝。喂水，再被拒。一副不食嗟来之食的样子。几天后，开口进食。大约一个月后，白鹤伤口愈合，放生于野外。几次飞回，送走，又飞回，再送走。恋恋不舍。

卖谷路上故事再多，风景再好，总要到终点——粮站。

一个尖尖的、带谷槽的长条铁器，杀入麻布袋，抽出来时，满满一槽子谷。验粮官歪头看，捻两粒，塞入嘴里嚼，对着登记员喊："二级。"

粮站有杆老秤，除了称谷重，还称别的。比如，毛孩子的体重。

我双手握紧钩子，双腿蜷曲，悬空。大人挑扁担两头，一人移秤砣，用手比刻度。我手拉不动了，跳下来。

验粮官大嗓门喊："猪肉五块二，可以卖百八十块。"

众人大笑。

胡子伯伯

突然，门"哐当哐当"。

不用猜，胡子伯伯来了。

我撒腿就跑，鸡飞了，狗跳了。

可我，没逃过这一劫。

胡子扎过来，脸蛋火辣辣。

胡子伯伯名叫应强，是姑奶奶的养子，姑奶奶是接生婆，旧社会就是，接着接着，全国解放了。那会儿，接生婆了不得，方圆百里，提起"夏接生"，都竖拇指。交完定金，临产前夕，还要雇大轿，等在门外。

几十年来，她迎来无数新生命，自己却没孩子。

偏偏，她喜欢孩子。

估计，老天看不过眼，把应强给了她。

四岁的应强，口齿不清，说不明白家在哪里。

无论到哪里接生，总带上他，逢人便问，想帮他找到亲生父母。

找了好久，无果，只好也乐得领受这缘分。

后来，应强长大了，姑奶奶不接生了。

应强也爱孩子，但这"爱"，没长胡子之前，还好。

后来嘛，一言难尽。

"胡子伯伯来了"像咒语。

某日，傍晚时分，"胡子伯伯"又来了。

天哪，刚刮的胡子，根根竖立，油黑发亮，像列兵刚磨好的刺刀。

这次，他一反常态，不扎人了。

突然，拍桌子。

桌上，橘皮飞得老高。

"谁让吃的？"

他怒吼。

空气凝固。

"有毒。"

真的，肚子隐隐作痛，奔向五谷轮回之所。

出来时，满头大汗，满脸通红。

胡子伯伯捂着肚子，笑得直不起腰。

"大胡子！""大骗子！"

他摸口袋，取包袱，摊开。

一袋子宝贝，糖纸皱皱巴巴，糖豆五颜六色。

那一刻，一切变得与往常不一样。

仿佛，胡子伯伯从来不曾有过"胡子"。

26

刷"参子鱼"

出大门，直走，一箭之地。

过稻场，到了门口塘。

沿岸，有长条窄石板，两米见方。

一头搭岸上，一头伸进水塘里，连接水陆两界，可容一人行走。

岸上一头，被土埋住，伸进水塘的那头，若干石块，垂直支撑，似桥墩。

正对大门的石板，多用于挑水和洗菜。十米外，有更长更宽的，用来洗衣服。

日上三竿，妇女们成群结队，这边洗菜，那边捣衣服。

笑声、说话声、水声、捣衣声，声声入耳。

只要洗菜，"参子鱼"就从池塘四面八方，闻风而动，汹涌浩荡，向美味佳肴发起猛攻。

跳起来抢食者有之，俯冲猛叼菜叶者有之，扑空吐泡泡者有之，菜叶入口如探囊取物者有之。

"参子鱼"又名刁子鱼、小白条。

此鱼全身洁白，身材修长，大眼宽腮。

鱼钩上饵，甩进鱼群，钓线稍紧，竿梢微弯，虎口带力。

快扯。快扯！

白光一闪，身后灰土和草丛中，活蹦乱跳，活鱼一条。

千万不要扔下战果，不管不顾。

有鸡一窝，草丛觅食。

小鸡涉世未深，四散飞奔，但母鸡不然，见多识广，啄起"参子鱼"就跑。

找个草垛，或是田埂，摆脱追兵，享用美餐。

普通人是钓鱼，而高手，则是刷鱼。

不知道这"刷"是何来历？有何说道？

琢磨许久，心有所得。

一甩，一扯，白光闪，鱼出水，再甩，再扯，又是一条。

"刷刷"作响。

刷，似乎由此而来。

27

网鱼记

轰隆隆，轰隆隆。

听，门口塘，闸开水泄。

雨后，水涨。有鱼跃跃欲试，欲跳龙门。

抓鱼季，总算是来了。

有网吗？如果没有，那可要完美错过。

古人说，临渊羡鱼，不如退而结网。

找铁丝、老虎钳，扭铁丝成圆圈，做网口，穿麻绳做的网兜，渔网成了。

网鱼，坝是基础。

顺渠走，寻窄处，拦水筑坝。

水流湍急，筑坝难度不小。

土块是断然不行的，丢进去，冲走，再丢进去，又不见影。

急中生智，我跳进渠，用腿拦水截流，一分为三。

弟弟搬土块，我拿稻草，包土块，往水渠两侧放。

请小心轻放，如果用力过猛，你与"草包"的缘分，就到此了。

假以时日，终成"坝"业，可以"守网待鱼"了？

千万不可以！

行百里者半九十，越是顺利的时候，越不可掉以轻心。

意外随时会发生。

水势太猛，溃坝，网被冲走了，网鱼事业受到重创。

这种，只有靠巡视和检查来发现。

这不算最惨，另一种情形，终生难忘。

过了个把时辰，兴冲冲，去起网。

脑海中想的，是一兜子鱼，沉甸甸。

可捞起来，空无一鱼，网还沾着泡沫，风一吹，当着你的面破了。

一张空网，两袖清风。

怪不了别人。

若下网时仔细检查，或者来个中间验收，扎破口，堵漏洞，必然不这样。

鱼没网着，道理倒网了一兜子。

行有不得，反求诸己。

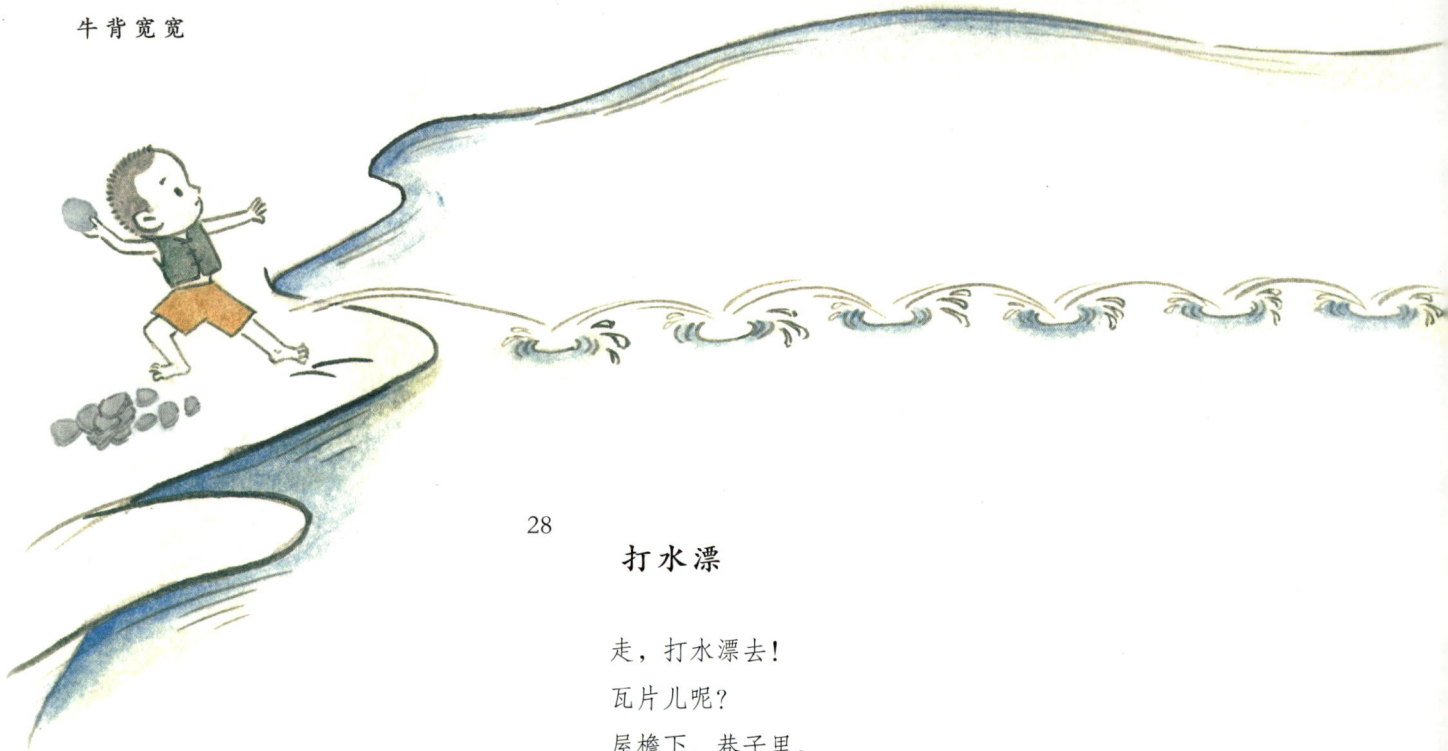

28

打水漂

走，打水漂去！

瓦片儿呢？

屋檐下，巷子里。

弯腰，捡。

厚的不要，弯的不要。

平的好，薄的好。

要是表面再光滑一点，那可好得不像话。

一手拿不下，装口袋里，鼓鼓囊囊，裤子下沉，弯腰托底。

见到前喜伯伯，要躲得远远的。

不然，他一个箭步，顺势一拉，裤子滑膝下。

你羞红小脸，他笑出金牙。

到池塘边，把瓦片儿放好。

捡一块，拇指食指夹住。

站稳，下蹲。

左脚伸直，重心移右脚，整个身子低，再低。

走！

瓦片在水面跳 3 下，及格水平；5 下，中上水平；8 下，刮目相看。

你在哪个档次？

偶尔一次，我创纪录，跳 12 下。

小伙伴瞪大眼睛，练得更勤了。

一时间，水面热闹得很，涟漪交叉，风云际会，瓦片此起彼伏，此消彼长。

力量是不是越大越好？

你可以试，用力过猛，瓦片一声闷响，如子弹入池塘。

还有一种情况，就是点一下水，之后在十几米开外入水。

角度多少为宜？

法国人克里斯托夫·克拉内博士做实验的结论是，瓦片首次接触水与水面成 20 度角，效果最好。

我的经验是，要低，几乎与水面持平。

速度呢？

越快，总行程会越远，点水的概率更大。

还有一项，可不能忽略。

瓦片儿旋转，会更好。

左手发力，就逆时针；右手发力，便顺时针。

打水漂这事儿，并非独门武艺，美国人库尔特·斯坦纳玩出了 88 下，打破吉尼斯世界纪录。

好你个老库！

打水漂就是个乐子，您这样做，真的好吗？

用牛

两家人，一头牛。

我家，三舅家。

农忙时节，两边倒，一家管半个月。

要用牛的时候，临时去牵。

农忙，牛最忙。

牛养在三舅家的半个月，我百无聊赖。

扳着手指，数日子。

看着田野，发呆。

父亲要用牛，我跑得飞快。

只要与牛在一起，就好。

哪怕坐在三舅家的田埂上等，我也乐意。

抓青蛙，它乱跳四散，慌不择路，撞到腿上，我哑然失笑。

青蛙懂什么？

虫子爬，不知道它从哪里来，又要到哪里去？

虫子哪懂得哲学？

拿稻草堵蚂蚁于路，看它不屈不挠，只想回家。

而牛的格局，不可同日而语。

三舅扬鞭抽牛背，泥线清晰可见。

三舅喉咙管里吼，我听不清吼什么。

我可怜的牛啊。

这边没忙完，那边，父亲在田边扶犁，眼巴巴地等。

它浑身是泥，我得带它去池塘，还得让它吃口草。

为此，我不少挨骂，但值得。

用牛得有鞭，父亲却遍寻不着。

我淡定，摇头，一副老谋深算的模样。

没看见，不知道。

鞭子在阁楼上，我帮牛扔的。

小孩因不听话而挨打，而牛呢，似乎没有理由。

它生来就得受累吗？

它生来就该挨打吗？

人们为什么要对任劳任怨的伙伴这样？

我一度迷茫，说不上是价值迷茫，还是情感迷茫。

牛拉着犁，在前；父亲扶着犁，在后。

就这样，慢慢走，走出模糊视线。

就这样，往前走，走出乡土中国。

30

影子

煤油灯和影子，是朋友。

影子和我，是朋友。

如今，谁和谁能互相称朋友呢？

人们说，越长大越孤单，可不吗？！

这满世界都是人，能说话的有几个？

点点头，微微笑，过。

微笑却封闭，钢筋混凝土，从眼里，进心里。

罢了，还是说说那年吧。

80年代除夕夜晚，煤油灯下，说来啊，话长。

时光走得坦荡，无影，无踪。

影子留在心里，闪烁，呼应。

一切，仿佛就在昨天。

独坐城市的夜，华灯初上，因为没有了闪烁，所以影子不只是孤单，而是单调。

我也曾在陋室里，点燃蜡烛，看它蜡炬成灰泪始干，凝视烛光，影子仍然闪烁，火焰依然跳跃。

可物是人非。

那年，母亲那么年轻。

先伸左手，掌心向上，再伸右手，掌心向下，右手食指扣左手食指，翻转。

墙，兔子。

不好，老虎来了，兔子赶紧跑。

乡村，油灯那么暗，影子那么长，笑声那么大。

笑声铺满煤油灯光到不了的角落。

母亲缝缝补补，絮絮叨叨。

围坐火盆旁，火光映笑脸，糍粑在火钳上，变软，鼓泡，空气中弥漫糯米香，还有糊味儿。

影子在墙上，渐淡，变长。

后来，我考上了学，由村而乡，由县而市，由省城而首都。

城市，霓虹那么亮，影子那么淡，没有了笑声。

一天，读朱自清的《背影》，眼里进沙，鼻子一酸。

城市，给乡村以背影。

乡村，给城市以凝望。

31

鸭子爹

"来，写个名字。"

鸭子爹，胡子拉碴，眼睛眯成一条缝。

脚趾夹根树棍，甩过来，努嘴。

捡起树棍儿，趴地上，歪歪扭扭，写了一个"夏"字。

鸭子爹，摸摸下巴，胡子拉碴。

眼睛眯成的那条缝，云开日出，霞光四射。

鸭子爹翘着二郎腿。

我坐上去，他上下甩。

坐在人力摇摇车上，我嘴里喊"闪闪呀咦哟"。

鸭子爹之所以叫鸭子爹，跟他的职业有关。

他手执长竿，手下好几百号鸭子，俨然一个"鸭元帅"。

坐则指挥若定，出则前呼后拥，上岸则烟尘滚滚，下水则浩荡乾坤。

鸭子爹生了几个女儿，大的叫"招弟"，老二叫"再招"。

后来，一连生了几个女儿，弟没招来，鸭子倒越来越多。

过了五十，认了这无儿的命，一门心思放在鸭子这项事业上。

鸭子多了，鸭蛋就多。

逢年过节，他让女婿给村里的孤老送鸭蛋，特别困难的，还送鸭子。

孤老行动不便，养不多时，鸭子死的死，丢的丢。

有次，找不到鸭子了，有个孤老在村口骂："哪个把我养命的鸭子偷了？"

鸭子爹听着，皱眉头，努努嘴。

女婿会意，去鸭群里抓了一只，悄悄地，扔进孤老院子里。

骂声停了，孤老笑了。

鸭子爹，抚了抚下巴，胡子拉碴，眼睛眯成一条缝。

马蜂

左手捂眼睛，右手肘子擦眼泪。

大癞冲进三叔家。

"儿嘞，又惹那东西了？"

大癞点头，泪水"吧嗒、吧嗒"。

马蜂，不好惹。

大癞，不信邪。

大癞仰着脸，眯着肿眼睛，眼珠看不见。

三婶停止奶娃，对着蜇伤处，一阵挤。

白色的乳汁，像甘泉，像良药。

大癞"嘶，嘶"的叫声，止住了。

娃娃"哇，哇"的哭声，起来了。

母乳治蜂毒，土方子。

"吱呀"，门开了，三叔进来了。

大癞的左眼，肿得像包子，冒热气。

三叔大笑，直不起腰。

关于马蜂，三叔是"曾经沧海难为水"，经验老到。

一般人被蜇了，肿、痛，钻心，可三叔不会。

不痛，也不痒。

甚至，连个包都不起。

本事不小，事出有因。

孙悟空在炼丹炉，不小心弄了个火眼金睛。

三叔的炼丹炉，在屋檐下。

一个马蜂窝，大到你不能想象。

三叔捡起一块大石头，砸过去。

潘多拉的盒子，被打开了。

里头飞出来的，都是战士，个个带枪。

被马蜂追时，断然不能跑，跑得越快，追得越紧。

腿长又怎样，跑得快又怎样，地上跑的能比得了带翅膀的？

三叔摔倒了，马蜂围了上去。

脸上、头上、胳膊上……

只要露出来的地方，都是马蜂的屠宰场。

收拾残存的躯体，还是完整的人。

许久，三叔再也没有碰过马蜂。

谁知，因祸得福，从此以后，百毒不侵。

以毒攻毒，果不其然。

33

白大夫

白大夫，白大褂，挎白箱。

他找阴凉处坐下，打开标有红十字的药箱，掏出听诊器，举起来。

"来，你也来听听，好玩着呢。"

三岁小孩会凑上去，一只手拇指放嘴里，一只手摸听诊器。

圆圆的扁铁，往胸口上一贴，透心凉。

听筒里传来的，是"咚咚咚"，如敲门声。

白大夫有言在先，打针不哭，大夫有赏。

有小孩止住哭，透过模糊泪眼，斜着眼，歪着头看。

白大夫低头，从白大褂口袋里，取出一个圆盒子，糖果，五颜六色，勇敢者得。

年喜稍长，撸袖子，大踏步，走上去。

白大夫说，不是打这里。

年喜脸一红，在这里，打屁股？

白大夫点头。

没等年喜反应过来，二苕叔路过，一把将年喜的裤子扯到脚跟。

众人大笑，小孩带着眼泪笑。

年喜一手扯裤子，一手捡起一个土块，用力扔去，算二苕叔跑得快。

白大夫说，正好。

敲开小药瓶，注射器推到底，针头伸进药水，扯注射器，药水到刻度上。

针头朝上，轻推注射器，针头上有小水珠，亮晶晶。

当酒精棉球接触到屁股的那一刻，我看见年喜的头发都竖起来了，黑汗从额头上往下流。

"不要怕啊，就像蚂蚁咬一下，根本就不疼。"

白大夫下针很快，很猛；推药很轻，很慢。

白大夫取糖盒，打开，凑到年喜面前。

"自己挑，三颗。"

年喜乐滋滋，放一颗进嘴里，咂出了声。

34

致稻田

当蚂蟥像幽灵一样在稻田里游弋时，我就知道，新的长满绒毛饱满的生命，就要诞生。

我插秧、除草，然后去了远方求学。再回到家乡时，稻谷都低下了头。

母亲说，只有稗子才会昂首挺胸，它们将一种没有底气的骄傲举过头顶。

是的，稻谷在一望无垠的田野，等我去收割。

携镰刀，走过一片金黄的世界，突然间觉得，自己就是元帅，庄稼就是百万雄兵。

指挥者，千军万马，春华秋实；稻谷者，空心向上，厚重低垂。

一阵风吹来，稻谷在争先恐后地等待我的检阅。我对着稻谷，闭上眼睛。稻谷不说话，那一粒一粒的精灵，像眼睛一样，顽皮地看着我。镰刀到处，倾城倾国，稻谷也为之倾倒。我知道，我有魅力，镰刀也有权力。它用一种横刀立马的威仪，去征服珠圆玉润的疆界。

插秧是退，割谷是进。进退循其时，沉浮据其道。与人生何其相似。

太阳落山时刻，我躺于田埂上，蚱蜢在耳朵边飞，蚂蚁在胳膊上跋山涉水。管它呢，我叼一根狗尾巴草，甜甜的汁液在舌尖停留。

我摸身边的土地时，有一种踏实的感觉。这世间，有哪一样东西是不是从土里来，又回到土里去呢？

如今，我回头望去的故乡，在黄昏里，在模糊泪眼中，在田埂上，稻田依然成熟。无论我如何变化。

是的，离稻田越远，我就离自己的心越远。

捡鞭炮

撕开红皮油纸，鞭炮列好队，一副准备战斗的样子。

一头露出褐色引线，一头黄泥护体。

三爷叼着烟，眯着眼，取烟头，凑近引线。

火光一闪，噼里啪啦，硝烟聚拢，风吹四散。

也有哑炮，定是受潮了。

三爷笑道："记起来就炸两下，忘记了就不炸。"

我琢磨，不炸的，不是忘了，而是懒。

红色碎片散一地，冒着烟。

勤快的孩子，开捡。

在硝烟的深处，伴着零星的鞭炮炸声，一张张小脸蛋，如敌后武工队的战士。

只是，鼻涕虫进出自如，暴露了战斗力。

捡到一个"漏网之鱼"，兴奋得跳了起来。

你捡一个，我捡一个，惊喜连连，笑声不断。

可好景不长。

两个孩子看到同一个鞭炮，都宣布自己先看到的。

眼看，战争就要开打。

这场即将发生的战争，硝烟都省了，空气中的火药味，特别浓。

可是，另一家鞭炮刚炸完，其中一个孩子迅速跑过去，占据主动。

一方离开了，瞬间，矛盾失去了同一性。

自然，这仗打不起来。

后来，为了和平，我们制订了标准。

对鞭炮的所有权，光用眼睛看是不行的，必须用脚踩住，或捏在手上。

有一次，一个来村里走亲戚的娃娃，不懂规矩，从二茗手里抢过一个鞭炮。

二茗一看对方个子大，忍了。

鞭炮冒着烟，他叼在嘴里挑衅："抽烟儿，抽烟儿。"

是可忍，孰不可忍！

"啪，砰！"

那娃捂着嘴，号啕大哭。

二茗的脸色，由"愤怒"变为"惊恐"。

水缸

水缸，映出童年的影子。

那个影子，小小的，荡漾的，鲜活的。

趴在水缸上，忘记了它的凉。

啊，啊，喊几声。

水缸答应，几个回声，皱了波纹。

与山的对话不同，水缸应答，更近，更悦耳。

多年之后，那口缸，定在那里，陷入泥中。

在大人眼里，它是个容器。

大肚子，窄口子，吃水靠个"大胖子"。

农村吃水，要从水塘里挑，囤到水缸里。

而在我眼里，它还是容器，可装的不是水。

一天，我抓了一条鱼，放进去。

我趴在水缸上，鱼伙伴看着我，调皮地吐泡泡。

它欢快地游，我心也跟着游。

当日，我并不知道"忧愁"这个词。

我也没看过"子非鱼，安知鱼之乐"的对话。

但我确信，一口缸、一缸水、一条鱼，是我当时的重要主题。

放学后，收工后，先到厨房，靠近水缸。

拿起葫芦瓢，舀半瓢水，送到嘴边，喝水，看鱼。

它有时候躲在角落里，有时候停在水面。

有时一动不动，有时迅速掉头。

留给我一个漩涡。

水缸里的漩涡，和大江大河里的漩涡截然不一样，可又有什么不同呢？

我们人类不像一条鱼吗？游荡在时间和空间里，为了生存觅食，看到危险离开。

水缸，装得下江湖，容得下天地，映照出四季。

人生，有时像水缸，有容乃大，计较那么多，快乐少很多。

有时像水，处众人之所恶，利万物而不争。

有时像鱼，记忆七秒，忘却烦恼。

37

放野火

每个人的心里都有一团火。

可大多数人，毕其一生，都没有机会绽放。

而乡村少年心中的狂热，每逢秋季，便有了载体。

灶膛边，取火柴，走，到野外去。

走一里地，离村子远一点。

"离离原上草，一岁一枯荣。野火烧不尽，春风吹又生。"

古时候的小孩，他们可不了解放野火的乐趣。

而我们，欢呼雀跃，一路跑到田埂下。

找草丛茂密处，分头扯草，众人拾柴，堆在一处。

左手掌伸开，拇指勾住火柴盒，右手取火柴。

擦，一下，两下。

"呲，噗"，火苗蹿出来。

野外风大，一吹就灭，用手护着。

伸到草堆里，从根部切入。

因为，风从四面来，火苗往上走。

星星之火，可以燎原。

你听，噼里啪啦，清脆悦耳。

你看，随风跃动，欢腾热烈。

38

练功夫

少年多有功夫梦，梦里功夫盖世。

腿上绑沙袋，练轻功。

手插沙盆，练铁砂掌。

若儿时没练过功夫，枉为乡下人。

"昏睡百年，国人渐已醒。"

音乐响起，黑白电视机，传出"嘿嘿哈哈"。

电视里，霍元甲出拳快，踢腿高，招招带风。

电视前，娃娃们出拳千奇百怪，踢腿五花八门。

嘴里"呼呼嘿嘿"。

看得兴头上，练得正热闹，突然，有人关了电视。

娃娃们怒目圆睁，咬牙切齿。

原来，津门第一的霍元甲，打擂前被人下了毒。

于是，练功夫有了更为朴素的理由：振兴中华。

练迷踪拳，练到入迷，不吃不饿，不睡不困。

许久不见起色，遂心生退意。

刚好，电视里演飞天蜈蚣。

我喜欢轻功，能飞檐走壁，似蜻蜓点水。

白服，白发，白眉，纵身一跃，飘上了房。

"啧啧，这功夫！"

表哥练过，腿上绑沙袋，早晚各跳300下，跳七七四十九天。

找两块布，凑到缝纫机前，递给母亲。

"嗒嗒嗒嗒"，不一会儿，沙袋做成了。

到屋外，装沙，封口。

绑腿上，死沉死沉。

假以时日，摘下沙袋，以为能飞，奈何地球引力过大。

又没练成。

想就此作罢，但仍不死心。

回到电视机前，看海灯法师练"一指禅"。

食指撑起整个身体，又练不了，看看而已。

时光匆匆，一眨眼工夫，功夫梦已醒，

功夫没盖世，工夫已隔世。

39

打"撇撇"

两张纸，对折，再对折，交叉，再交叉。

扣死，压平。

"撇撇"，四四方方，平平整整。

贴在地上，严丝合缝。

打"撇撇"，一人一下，打翻为赢。

做"撇撇"有技巧。

原材料要过硬，纸越厚越好，吨位取胜。

再者，叠起来无缝隙，构架稳固，结构力学。

物质基础再好，若无好的战略战术，也是枉然。

打"撇撇"也有战略。

先摸清敌情，知道对方出的什么招。

敌出最狠，我出最差，骄兵之计。

敌出普通，我出最狠，以强压弱。

学的是田忌赛马。

打"撇撇"是具体战斗，战术比战略更重要。

放"撇撇"，有诀窍。

高低不平的地方，绝不能放。

即便是平地，也要把小沙粒、土块或树枝吹走。

底下有缝，被打翻的概率大。

还有，放"撇撇"前，要适当处理。

四周要低，中间要高，像锅倒扣地上。

抓地的感觉出来就对了。

放好"撒撒"，静待狂风暴雨。

有人打"撒撒"，喜欢对着自己的"撒撒"哈几口气。

这倒无关紧要，若对方用袖子扇风，这就犯规了。

痞得很。

痞的人，没人跟他玩。

行有行规，行止有道。

还好，对方狂轰滥炸，我自岿然不动。

轮到咱了。

别急着下手，无论对方怎么催。

围着对方的"撒撒"，仔细观察，必要时，要趴在地上，瞪大眼睛。

看有没有角翘起来，要是有，天大的利好。

就从那个角下手。

抬手要高，速度要快，切入要准，气势要大。

走。

40

露天电影

在乡下，放电影是大事。

得小子，考大学才会有。

"啧啧。"

消息传出去，人们聚拢来。

早早收工，洗净汗渍，扛凳子上肩。

一手扶凳，一手打电筒。

走，看电影去！

田埂之上，月光倾倒，前呼后拥，鱼贯而出。

青蛙大声唱，月光抚稻田。

有灯光的地方，是露天电影放映场。

走近，听到人声鼎沸。

"小六，你在哪里？"

"二翠，买到瓜子了吗？"

是的，有瓜子卖。

妇女提篮子，篮里装瓜子。

一张纸，叠成筒，屁股尖尖，肚子大大。

装上瓜子，六角钱一筒，一块钱两筒。

嗑瓜子，看电影，爽。

村里有亲戚，长条板凳早已准备，占的都是好位子。

甩着手，哼着曲，空手去，空手回，优越得很。

孩子们可不爱坐长条凳。

树杈上，草垛上，瓦上，千奇百怪。

金枝婶也来了，她不看电影，她做媒。

姜武湾的二苕，相中了唐里湾的玉秀，求金枝婶做媒。

二苕掏钱，买几筒瓜子，递给金枝婶。

金枝婶努嘴，二苕会意。

玉秀低着头，不接，扭脸，假装找她兄弟。

金枝婶再递，玉秀伸手，接了，有戏。

电影开始了。

神奇得很，八仙桌子，电影机子，两个轮子。

放映员高高瘦瘦，不苟言笑，职业的神圣，在脸上，举手投足之间。

只见他耳朵上夹烟，取扳手，打开铁盒子，取出圆盘子。

时光在铁盒里，故事在圆盘里，童年在银幕里。

41

橘皮枪

圆珠笔，可算写完了。

取出笔芯。

这白管子，做橘皮枪，最好。

拿老虎钳，用力钳掉一头的铜圆珠笔尖，管子两头通了。

任选一头，离管口三寸处，用老虎钳夹。

用力不要过猛哟。

夹断了，还得重来。

夹到刚刚好。

什么叫刚刚好？

只可意会不可言传。

好多手艺失传，皆因混沌标准所致。

比如，盐少许。

少许是多少，自己悟。

可见，世间好多知识，无法用言语传递。

它传的，是一种感觉。

有形的东西，容易观察和把握；无形的，就不好说了。

好在，橘皮枪是个物件。

枪膛有了，现在去找扳机。

其实，就是自行车的辐条。

二八自行车的辐条，有点长，找大人切两段。

一头用布包好，做把手。

另一头，放进笔芯管，刚刚好。

万事俱备，只欠"弹药"。

橘子呢？

在篮子里。

迫不及待，吃几个。

与橘谋皮。

拿笔芯管没有收口的那一端，对着橘皮，90度按下去。

橘皮进笔芯管，"子弹"上膛。

这是"手动步枪"，每次只上一发，只发一弹。

辐条由这一头轻轻推进去，活塞一样。

由慢而快。

"啪！"

清脆一声，橘皮打了出去。

子弹带水果香。

打在胳膊上，不疼，但不舒服。

最喜欢听那清脆的一声"啪"。

这种冷兵器，危害虽不大，可还是被老师
指定为大规模杀伤性武器。

没收，销毁。

可乡下"黑市"的交易屡禁不绝，少年乐
此不疲。

42

凤凰

凤凰，是自行车。

二八型号，乡下的稀罕货。

老三件——自行车、手表、缝纫机。

说媳妇，没有自行车，悬。

无钱买不了，无指标买不了，有钱没指标一样买不了。

永久是好牌子，凤凰也是，可是买不着。

功夫不负有心人，父亲也是幸运的，天大的好事，等来了。

一早出门，父亲提车去。

约莫晌午，我们早早地，在村口等。

踮起脚，手搭凉棚，望穿秋水。

远处，每看到一个小黑点儿，总希望是父亲。

可过尽千帆皆不是。

垂头丧气之际，听到有人哼小曲，该来的总算是来了。

"想当年，老子的队伍刚开张，四五个人，七八条枪。"

关公骑赤兔，父亲骑凤凰。

二八自行车上的，正是父亲，堪比高头大马。

大人孩子围拢过来，摸龙头，敲铃铛。

跳下车，父亲把铃铛打得脆响。

推车进屋，"咔嗒"，锁上，轰人出屋。

唯有二八，才能承载三个孩子，没有冷落到任何一个。

后座两个，弟弟抱着车座，我抱着弟弟。

妹妹坐前面横杠，双手扶龙头，右手拨铃铛。

坐在前面，看起来风光，其实不然。

没一会儿，腿麻，屁股疼。

下了地，半天走不了道。

父亲左脚踏左侧踏板，身子俯下来，往前加速，滑行。

车往前滑。

"低头！"父亲喊。

说时迟，那时快，右腿从我和弟弟头上越过，稳稳当当，落在右边踏板上。

车飞也似的，疾驰在田间小路上。

学骑车

想学车的热切，在我心里与日俱增。

怕新车被毁的担心，让父亲严守底线。

多干农活，磨嘴皮子，母亲当说客，奶奶施压力。

假以时日，终于松口。

个头太小，腿短手短，刚够着龙头。

几乎吊在龙头上，后面需两个大人扶着。

走，找一个空打谷场，路要平，地要宽。

握紧龙头，左脚上左踏板，向前滑。

速度起来后，在运动中，右脚往三角空隙伸。

踏右踏板，恰到好处。

腿短，只能骑半圈，千万不要停，一停就倒。

平衡不易。倒，是必然的。

倒有方向，要么向左，要么向右。

因为整个身子在左边，要是向左倒，车压人，会受伤。

腿上青一块紫一块，学车日记，彩笔"画"成。

摔倒，爬起来，懊恼，不服，再来。

咬紧牙关，气沉丹田，勇敢再来。

一次，再一次，又一次。

摔倒越来越少，骑行越来越远。

"不要松手啊，千万不要！"

无暇回头，有人扶着，心里踏实。

猛地回头，不见人影。

啪，摔倒。

有些事，不知道才好。

谁都一样，心里有依赖，便无从独立。

学车的日子，漫长而温暖，新伤叠旧伤。

学会后，便终身不会忘。

体育老师说，这叫肌肉记忆。

学车一时，终身受益。

此言不虚。

今日，天晴。

骑行长安街，路过天安门，想起学车时。

虽时过境迁，两鬓斑白，然少年心依然。

走夜路

月亮升起来。

月光洒下来。

我走，月亮跟着我。

我走一步，它跟一步。

不好，草丛里有东西在动。

是蛇吗？

也许是青蛙。

或者，鬼怪。

紧握树枝，四处乱捅。

大声唱歌。

夸张大笑。

其实，心里虚得很。

尽管，我避免走夜路。

可有时候，不得不走。

没有手电筒，好在头顶有月亮。

母亲说，鬼怪不会害穷人的孩子。

可我还是怕。

走夜路的恐惧，道不清，说不明。

可有人不怕。

爷爷常走夜路。

他边走，边回头。

他说，防着你的身后，那里看不见。

看不见的，才恐惧。

草丛里，有时候蹿出一条蛇，有时候蹿出一只兔子。

乌龟最安静，从不扰民。

我认得它们，在夜晚，四处游荡。

它们从哪里来？要到哪里去？

它们的夜路，有恐惧吗？

幸亏有青蛙在，我的勇敢得到促销，恐惧低至五折。

我的朋友，群居在稻田里，一会儿独唱，一会儿和声。

音乐晚会很成功，确信是给我鼓劲。

后背不再发凉，头皮不再发麻，心里不再发紧。

我还有一个伴儿，就是影子。

奶奶说，有光的地方就有影子，有影子的地方就有光。

多年之后我想，她可能学过辩证法。

深一脚，浅一脚，高一脚，低一脚。

听到狗叫声，到了。

推开门，额上有微汗，发梢滴露珠。

乡下的夜路再远，总可以回家。

今夜，立交桥下，灯火通明，车水马龙。

仍是夜路，不是夜路。

45

骑马打仗

"丁零零，丁零零。"

仿佛，那不是放学铃，而是冲锋号。

书包一扔，外套一脱，冲向操场。

骑马打仗啰！

个子大的当"马"，小巧的当"兵"。

骑马打仗，是男孩的游戏。

一"兵"一"马"，两人一组。

"马"背上的"兵"，互相撕扯，落马者败。

沙场烟尘滚，脸颊黑汗流。

喊声、笑声、冲杀声，声声入耳。

俗话说，兵马未动，粮草先行。

可骑马打仗，马要先行，若马不皮实，胜利无望。

不要古道西风瘦马，不抗撞。

要的是银鞍照白马，飒沓如流星。

哪里找呢？

跟我走，从教室后门进。

倒数两排，"良驹"在此。

骑马打仗的"底盘"有了。

光有好马，万里长征只走了第一步。

骑马打仗有规则，马不能动手。

马上的人，才是取胜的关键所在。

要指挥全局，要洞察变化，要分析敌情，要果断下手。

参战前，纵有百种预案，"枪声"一响，作废一半。

敌情瞬息万变，忽而险象环生，忽而绝处逢生。

落马者，围观呐喊，等下一轮参战。

永远不要将背暴露给敌人，这是任何战争的铁律。

相反，你要找人背后下手。

正所谓，兵不厌诈，可声东击西，可虚张声势，可调虎离山，可以一当十，可置之死地而后生，不一而足。

我这个常胜将军，有独门秘籍。

虽国之利器，不轻示于人，但现时已非当年。

射人先射马，擒贼先擒王。

46

烤糍粑

乡村冬夜，北风呼啸。

围坐火盆旁，炭火映脸红。

这样的夜晚，不烤糍粑，有点浪费。

走到灶台下，摸火钳。

在火灰池边沿磕几下，把灰磕掉。

去水缸里，伸手，于冰冷的水中，取两块糍粑。

长方形、正方形、菱形，应有尽有。

薄的比厚的好，熟得快。

记得要擦干，至少不要滴水。

架火钳于火盆上，岔开作剪刀状。

糍粑放上去，炭火旺起来。

妹妹一块，弟弟一块，我一块。

一会儿，开始由硬变软，正面鼓起了泡。

要是闻到煳味，果断翻面。

要快，慢了烫手。

翻过来，再烤。

另一面烤得鼓起了包。

香味儿溢出来，直扑鼻孔。

烤火容易犯困，打个盹儿。

一觉醒来，嘴角淌口水。

糍粑煳了，面上硬壳，焦黄，香脆。

可以蘸糖吃，也可以就这么吃。

有人喜欢蘸糖，吃起来欢乐得很。

我喜欢"清"吃，原汁原味儿。

咬一口，脆得很。

扯一下，黏黏的，拉长了丝，经过喉咙，滑入胃。

一种只可意会不可言传的美。

进城后，一无火盆，二无糍粑。

烤糍粑，仅在记忆深处。

常常在冬夜，独自盯着电取暖器发呆。

老家的水缸里，是不是躺着糍粑？

堂屋里有没有火盆？是不是炭火正旺？

有没有一群孩子，围坐火盆旁，有说有笑？

虽然，郊区或海边，也曾烧烤，但是，烤不出旧时光。

无关乎糍粑，无关乎火盆。

乡村回不去，童年犹可追。

47

小脚四婆

村北靠丘，丘上有地。

小脚四婆，住在村北。

无儿无女，独自纺线，擅长种菜，喜种黄瓜。

四婆脚小，不能久站，带个板凳，地里干活。

虽然去得少，但长势喜人，西红柿、灯笼椒，张灯结彩，喜庆丰收。

藤蔓顺着竹架攀爬，上面是黄瓜。

有的爱美头戴黄花，有的因羞涩而藏匿。

趁人不注意，我钻进四婆地里，四望无人，抓住黄瓜，扭下来。

藤蔓上的绒毛，刺得皮肤痒痒的，身上汗涔涔的。

将背心扎进裤子，将黄瓜用青草撸光了刺，再放进背心，鼓鼓囊囊。

路过四婆门口，我探头探脑，之后快速走过，不敢朝里看。

拐角处，四婆搓棉线，头也没抬，问道："茗货，吃了有？"

我不敢直视，咕噜了一句，急速跑过。

回到家，关上门，将黄瓜刨皮，迫不及待地咬上一口。

咦，一点儿也不甜，不好吃！

扔进草丛中。

某天，放学回家，听到四婆和母亲对话。

"不晓得哪个拐种，把我做种的黄瓜摘了，地里还有细脚印。"

正好我进门，四婆问："茗货，你晓不晓得是哪个摘了我的黄瓜种？"我心一阵狂跳，半天说不出话，半晌说："兴许是四婆自己摘了，忘记放哪里了。"

一晃，三十余年过去，四婆早已作古，老屋早已废弃。

村北靠丘，丘上有地，地里有菜。

小脚四婆，住在村北，爱种黄瓜。

48

挨揍

俗话说，不挨骂，长不大。

那挨揍呢?

事实是，只要大人掌握好火候，可能有利于身体健康。

还有一种可能，在痛彻皮肉之中，领悟人生真谛。

不信? 由不得你。

公园里，人们互相拍背以健身，挨揍可收此效。

揍与被揍，是父子间的交流方式，简单而直接，亲密而高效。

对这种交流方式的认识，也需由浅入深、循序渐进。

大万村有个叫深塘坎儿的地方。

两边是池塘，中间一条窄路，解放前淹死过人。

午后，知了叫，浑身燥，带着弟弟去洗澡。

"扑通""扑通"。

玩得兴起，一回头，找不到弟弟了。

一个猛子扎下去，揪住他，从水草深处往岸上拖。

弟弟吓傻了，回去就告了状。

父亲虎着脸，手持竹棍，扑过来。

哭喊声惊动了奶奶。

她拄龙头拐，挪三寸金莲，并不姗姗来迟。

听奶奶说，父亲小时候也挨揍，被撵得鸡飞狗跳。

揍儿子是真揍，揍孙子可不是。

我惹爷爷生气，他大嗓门吼："条子呢，刺条子呢？"

"条子"是竹棍子。刺条子，是刺树上砍下来的棍子。

高高举起棍子，大嗓门吼，门楼的灰尘"扑扑"下来，在阳光斜射的下午，明显加了速。

没有坚贞不屈，棍子没下来，意志不坚定。

好汉不吃眼前亏。

爷爷善用条子，高悬头顶，是心理战斗。

父亲喜用棍棒，落在屁股，是物理打击。

姜还是老的辣。

49

劈甘蔗

午后，知了叫，烈日照。

清太哥、二苕、响伢几个货，在巷子里。

手里拿着刀，不像是乘凉。

莫非，干仗？

不会。

来，来，来！

到地窖，拖几根甘蔗。

劈甘蔗，受欢迎。

抽一根出来，要直一点儿的。

砍掉根部的须须，去掉头部的叶子。

多砍几节，上面的那几节不如底下的甜。

摩拳擦掌，开始劈甘蔗了。

这可是技术活儿。

难点是不准用手扶。

不扶怎么劈？

问得好。

这个问题，清太哥用刀来回答。

他右手拎刀，放到直立的甘蔗顶部。

斜角约 30 度的样子。

第一步，立地不倒。

不倒还不行，要用刀口调整甘蔗立着的角度，让它更稳。

稳，是为了第二步。

第二步，背靠甘蔗。

难度增加，失败概率大。

刀背与甘蔗顶端的平面成90度。

刀离，甘蔗不倒，刀背落于甘蔗顶端。

目前，这项核心技术只被前喜伯和清太哥掌握，其他的人难说，全靠碰运气。

前喜伯到城里走亲戚去了，清太哥说话的嗓门比平时大得多。

前两步的难度加起来，不如第三步。

第三步，薄刀撕皮。

只见，清太哥马步蹲，眼睛瞪，刀背点，一声大喝："走！"

刀一翻，一条劈下来。

劈下的皮，贯穿四节，又薄又长。

规则是，劈下来的皮到哪一节，那一段就砍下作为奖励。

若失败，轮流上。

劈甘蔗的要领，在于稳，在于快。

可现实是，求稳难快，求快难稳。

火候。

50

公鸡"冠哥"

一传十，十传百，公鸡叫。

叫一声，天蒙蒙亮。

再叫，天大亮。

心满意足，大摇大摆，公鸡出门。

如皇帝出巡，稳稳当当，不紧不慢。

走过残垣，登上断壁，俯瞰江山，一览众山小。

这只公鸡，姓甚名谁已不可考，见其红冠，且称"冠哥"。

"冠哥"性野。

刚才还在觅食，这会儿突然加速，冲进公鸡群，群小落荒而逃。

偶尔，以俯冲之势，跳到其他公鸡面前，夺其嘴里的蚯蚓。

"冠哥"霸气，鸡懂，小黑更懂。

小黑者谁？村东恶狗也。

着实不好惹。

比如，高头大鹅，个头不小，嗓门很大，见小黑如见菜刀，三十六计，走为上策。

若是遁得慢了，鹅毛不保。

"冠哥"不一样。

张开翅膀，摆开架势，以战止战。

颈上一圈毛，根根竖立如长矛。

小黑退后几步，再退几步，退到墙边，悻悻转身。

若是会说话，说句"好狗不跟鸡斗"，似可挽回面子。

"冠哥"的武装，用于对付霸凌，也用于保卫家小。

每当母鸡带小鸡于草丛觅食，"冠哥"不远不近，威严不露。

"冠哥"喜欢我，还是喜欢米，我搞不清。

我吃米饭，"冠哥"立于跟前。

漏下一粒，啄走，再漏，又啄。

我吃，"冠哥"也吃，和谐得很。

也有见血的时候。

一次，我蹲下吃饭。

肩胛骨被啄，一股热流滚下来。

原来，后背小伤口结痂，"冠哥"错认为虫。

51

老屋

一只乌龟爬过来，东张西望，停停走走，慢慢悠悠。

老屋里，许多意想不到，许多突如其来。

地上坑坑洼洼，起伏不平。

老屋坐北朝南，大门双开，门板两扇，门神二位。

尉迟恭居左，程咬金居右，龇牙咧嘴，手执法器。

推开大门，左右两边是鸡窝。

上有草窝两个，母鸡生蛋处。

天没大亮，公鸡打鸣，唤人早起，促人勤劳。

大门一开，鱼贯而出，奔向自由广阔，天地间大有作为。

门内是堂屋，大而空旷，两边是卧房。

堂屋走到头，是香案。

上面供着香炉、族谱等具有仪式感的物品。

正中一般挂画，两边是对联。

有的挂字画，也有的挂领袖像。

东边的上厢房，一般是家里最有地位的人住。

我家，就是爷爷奶奶住。

春天一到，燕子前来做窝，选址靠近堂屋东墙。

飞来飞去，忽高忽低，忽快忽慢。

嗷嗷待哺的小燕子，张开森林般的小黄嘴，居善地者先得"虫"。

夏夜，不知名的虫子，鸣声带节奏。

合奏，此起彼伏。

最爱下雨，屋外大雨，屋内小雨。

取坛坛罐罐，放在各个漏点，叮叮咚咚，滴滴答答。

爷爷出门回来，挂蓑衣斗笠于堂屋西墙。

对于屋内的漏点，父亲盘算着、观望着、等待着。

须晴日，驮梯，上屋，捡瓦。

城市太快，农村很慢。

只有乌龟，才配得上老屋的童年时光。

52

童年小雨滴滴答

好一场雨,一顾倾"村",再顾倾"屋"。

乡下老屋,土砖造成,黑瓦层层叠。

正中,明瓦三块。

白天阳光明媚,三束光斜射下来。

半夜时分,月光射进来,打在八仙桌的一角。

透过明瓦,望见几颗星星。

母亲是个"活天气预报",喊腰疼,准下雨。

是的,老天乐队,就要上演雨天交响乐了。

雨来了,只有雨声,才能统一喧嚣万籁。

母亲取木桶,弟弟取搪瓷盆,妹妹取缸子,接雨。

就喜欢听雨,打在各种容器上,错落、清脆。

雨小,是轻音乐,滴滴答,滴滴答;

雨大,就是进行曲,啪啪啪,嗒嗒嗒。

时快时慢,时大时小。

声音悦耳,不比夏夜稻田蛙鸣逊色。

外面落大雨,屋里落小雨。

大人们悉数统计漏点,须晴日重点整顿。

天一放晴,父亲搬梯子,从屋前搭上去,捡瓦。

父亲上屋顶的样子,让我想起灰猫。

在瓦上行走,优雅,一副富足且无欲无求的样子。

好几次，在屋顶晒太阳，舔猫爪，懒洋洋看我。

灰猫上房，为了玩耍；父亲上房，为了捡瓦。

漏雨，在父亲眼里是一害。

在我眼里，百益而无一害。

幸运的是，无论父亲怎么捡瓦，天下雨时，总有"漏网之瓦"，绝不比上一次漏点少。

惊喜真是无处不在。

这里，那里，这里，那里，我和弟弟妹妹，分别拿着各式的"乐器"，抢占有利地形。

童年小雨滴滴答，下吧，下吧。

垂钓门口塘

"铛铛，铛铛……"放学了，校门像开闸泄洪，小伙伴像野马脱缰，钓鱼去。

气喘吁吁，来到大门后，探出钓鱼竿，拿起鱼饵，冲向门口塘。

打窝子，上鱼饵，甩竿，盯"浮子"。

上钩最多的是"麻骨愣子"，头大，身子小。

它们生活在浅水沙砾间。

有时候不是"麻骨愣子"，而是刀鳅。

你得小心了，这家伙力大无比，会将线拉断。

只要放下钓鱼线，"浮子"点头，那是"麻骨愣子"在试探。

盯住"浮子"，被拉进水里时，赶紧拉，用力拉。

"麻骨愣子"可不是轻易松口的主儿。

鱼钩并没有倒刺，取鱼不那么难，但也容易让上钩的鱼儿逃脱。

有人聪明，装两条鱼钩，名曰"炸弹钩"，一拉就是两条。

鱼钩被刀鳅拉断，没有备用的鱼钩，干脆用线拴上触虫来钓。

注意了，"浮子"一进水，就意味着鱼儿已经全部吞下鱼饵，这时候，千万可不能扯猛了，轻轻扯，慢慢拉。

否则，鱼儿会警惕这种突变，猛地松口，咕咚，逃之夭夭，溜之大吉。

这种无钩钓法颇具想象力，有点儿像姜太公钓鱼。

天黑了，小伙伴们收竿，有人拎起水桶，往回走。

还有人不时勾着头，跟上拎水桶的人，挨个看。

回到家后，将水桶交给母亲。

不到一节课的工夫，一碗"麻骨愣子"汤端了上来，热气腾腾的，萝卜躺里头，葱花漂上头，香味满屋。

冬夜的战斗

北风，嗖嗖来访。

窗户纸，呼啦呼啦，热烈欢迎。

可我的热烈，欲被冷风带走，却被火盆挽留。

火盆上，架火钳，人字型张开，口不大不小。

进过道，近水缸，伸手，捞两块糍粑。

放在火钳上，盯着火，炭火炙热，冷退避三舍。

与糍粑一样，人心冷的时候，坚硬如铁。

而等到温暖足够时，糍粑体现柔软的一面。

它的柔软，需要持续的温暖。

坚硬与柔软，是冷与热斗争的另一种形态。

闻到香味了吗？

翻面，再烤。

鼓起包时，香味浓了。

咬一口，扯很长的丝。

有点儿烫，顾不上了。

火盆映红了脸，笑声塞满了屋。

冬夜的斗争，激烈，甚至猛烈。

少顷，火盆火力不够，被窝接了班。

钻被窝，可没有想象中那么惬意。

热的身体与冷的被窝，新的斗争开始。

脚头要用棉袄压紧，肩膀要放平。

尤其跟弟弟睡，中间要塞个毛衣。

因为凉风无孔不入，钻进被窝，带走炭火留下的余温。

脚始冰凉，不一会儿，渐渐暖和。

风呼啸于山村，人栖息在被窝。

冷与热的斗争，似乎悄无声息。

可别大意，冷随时会反攻。

夜半，感觉被子在动。

是母亲。

踢被子是常有的事，母亲掌握了最新敌情。

她披一件棉袄，穿过堂屋，前来助战。

她的数次支援，让冷退却到被窝之外。

天亮时，北风仍在吼，窗户纸仍在鼓与呼。

起床，又是一场你死我活的战斗。

跟屁虫

谁身后还没一两个跟屁虫呢?

在乡下,这是身份的象征。

有个跟屁虫,鼻子里两条鼻涕虫,齐进齐出。

实在回不去,就拿袖口重重一带。

一半在袖口,一半留脸上。

不一会儿,脸上的干了,袖口的硬了。

跟屁虫的特性,你走哪里,他跟哪里,你有什么,他要什么。

总之,你作为一个孩子王,没有任何隐私可言。

算了,小孩能有什么隐私呢?

你洗冷水澡,他也到池塘边,要是他呛水,告状的是他,挨打的是你。

跟屁虫不好当,必须精明。

饭后,碗筷一甩,妄图甩掉尾巴。

听到碗筷响,他饭都不吃,跟着就来了。

去哪儿?

下棋。

父亲从乡里弄来一副象棋,跟屁虫学了几招,半生不熟。

关于撇马脚这事,他的理解总是与规则相反。

只好认了,谁叫他是弟弟呢。

你拱一卒,他进同一边的兵。

你吃他的兵,他说他的兵穿了铠甲,你吃不掉。

你引经据典,说孔融都知道让梨,懂规矩吗?

他说是让梨,没说让棋。

象棋玩不过，算了，不玩了吧。

小样儿，还真治不了你了。

办法总是有的。左思右想，机会来了。

一日，门前三棵大树，有鸟筑窝三个。

我三下五除二，爬了上去。

骑在树干上，手搭凉棚，四处张望，作扬扬得意之色。

他在树下，时而号啕大哭，时而咬牙切齿。

懊恼，无力，抓狂。

欲抱树狂摇，奈何人小力小。

遂捡起石头，瞄准，发射。

56

麦子

麦苗最知春。

残雪还未消融，麦苗探出脑袋。

是的，春姑娘驾到。

麦浪起伏，好似掌声。

父兄劳作于麦田，其乐融融。

麦苗与草，长相差不多，需蹲下来，仔细甄别。

锄头前端的铁片儿，雪亮雪亮。

忠民说，抬头看。

头顶，飞机在前，白线在后。

"锄头的亮铁片，可做飞机翅膀，也可做飞机皮。"

表哥忠民当过兵，他的话我深信不疑。

两耳不闻外界事，一心只锄杂草。

这把锄头，要是能上天，归宿不差。

女娲用石头补天，锄头比石头可高级多了，做飞机翅膀实在屈才。

麦子熟了，金黄，璀璨。

母亲去麦田，母亲回来了。

背着手，朝我走过来。

太阳从背后照过来，她灿烂如盛开的花。

走到我面前，"变"。

哇，我又叫又跳。

小兔子，灰衣服，短尾巴。

麦田是兔子的家，没来得及长大，就来了新家。

麦田于我，神秘而有趣。

我很少参与割麦，麦秆、麦穗扫在身上、脸上，奇痒。

麦田里，大人们起承转合，纵横捭阖。

而我呢，追青蛙如猛虎下山，捉虫子如探囊取物。

累了，干脆躺在草地上。

嘴里，叼狗尾巴草。

鸟很忙，从东到西，从南到北。

偶尔有飞机路过，翅膀是谁的锄头做成？

全世界都在忙。

陪我的，唯有云。

闭上眼睛，云在心里；睁开眼睛，云在空中。

麦田星罗棋布，农人点缀其间，春夏穿梭变幻。

麦穗最知恩。

57

周干娘

周干娘生于何年?

不知也。

有人问她,她答:"民国,何年何年。"

我提醒道:"您那是老皇历,要用新中国的年历,一九几几年。"

周干娘掰指头,算半天。

周干娘会养猪。

母猪养得又肥又大,一窝小猪生下来,挤在一起吃奶,好一个殷实之家。

有一次,我对周干娘说:"细奶奶,母猪要是卖了,是不是可以卖一箱子钱?"

周干娘笑道:"那我也不卖。我的母猪比胜利还金贵。"

胜利是周干娘的小儿子,他有一个巴掌以上的姐姐,两三个妹妹,是家里的独苗。

周干娘不仅把儿子养成了村里唯一的大学生,还把猪养成了大象。

一天放学,做完作业,听到周干娘家里传来吵闹声。

好多人围着她家的猪圈,指指点点。

一窝子小猪争先恐后地挤着吃奶,只有一头长得不一样的小猪,在那里很淡定地躺着,前喜伯伯说:"你看它的长鼻子,跟电视上的大象一样。"

我个头小,够不着,就从大人们腿边钻过去。

当时，我就憧憬牵着大象去玩耍。

那段时间，每天放学后，放下书包，第一件事就是去看小象。

可是，小象不吃不喝，一天比一天虚弱。

我问周干娘："它今天吃东西了吗，它今天吃东西了吗？"

周干娘摇头。

一天，兽医来了，小象走了。

周干娘舍不得埋，就把它挂在屋檐。

每当听到屋外寒风呼啸，我总会下意识地往屋檐看。

小象，小象，你会不会冷？

58

枣子熟了

门口塘边，住着刘三婆，无儿无女。

与她朝夕相伴的，是一棵枣树。

不知谁人所种，不知年代几何，如同一把大伞，替刘三婆遮风挡雨。

枣树高，刘三婆不许我们爬，那枣树就是她的命。

每年，刘三婆拄着拐，端着盆，踮着小脚，挨家挨户送枣。

可孩子们等不到那时候，除了孩子，鸟也性急得很。

当枣子扯着树枝往下坠，鸟儿喜欢停驻其间，啄食大枣，便有不少枣子掉到门口塘岸边。

每天早起，我就到塘边捡枣吃。

一边吃枣，一边把枣核儿扔到塘里，看水里的鱼儿抢枣核儿。

一场大雨过后，门口塘涨水不少，不少被雨打下的枣，撒落在岸边或者水边，又是人鱼共进的一顿美餐。

后门，扎着芭茅篱笆，离枣树只有十几米，躲在芭茅后面，捡起小石头，将手臂抡上几圈后出手，小石头便准确飞向枣树，枣子应声跌落。

只可惜，有时候准头不够，小石头飞上了刘三婆的屋顶，吓得我赶紧躲在芭茅后一声不吭。

大门响，刘三婆踮着小脚出门，骂几句"小兔崽子"就关上了门。

伟大的劳动实践促进了生产工具的升级，生产力旋即飙升。

战略升级，作战时机就在中午，因刘三婆要午睡。

装备升级，自从改用弹弓后，枣子正如大珠小珠落玉盘。

一晃，匆匆数年。

偶尔回乡，回想起当年打枣的时光，恍若隔世。

树上挂满枣，坟上长荒草。

59

德厚

德厚拉板车，板车上，撂麻布袋子。

袋子里装谷子，我坐在袋子上。

平时，屁股没那么重要。

这会儿，屁股被谷子扎得生疼，还有些痒。

谁叫你是个娃娃呢，开裆裤虽然凉快，可不挡刀挡剑。

德厚在前面拉车，我坐在高高的谷堆上喊："驾，驾！"

德厚低着头，过沟沟坎坎时，回头道："崽子，抓紧咯，掉沟里填荡子，可没人管！"

去乡里卖谷子，德厚喜欢带上他的长孙。

他对四大爷说，有这个古怪跟着，一会儿就到了。

走了大半天，前面的坡上，宽宽的院子，矮矮的房子，就是粮管所。

院子里，各村来的农户排着队，板车上谷子堆成山。

德厚扛起一大袋谷子，轻轻放在秤上。

看秤的人不知到哪里去了。

这时，卖完谷子的二大爷凑过来，把德厚叫到一边，嘀咕了几句，然后诡秘地一笑。

我远远地看见，德厚摇头。

听见二大爷大声说，你个傻货。

等了不久，一个大胡子，往磅秤上加了几个秤砣，又拿下一个小的，看看刻度，再放上去一个。

谷子被评为二级，比起那些偷偷掺土的人，评得还要低，与在家称的斤两相比，短了不少秤。

刚才，二大爷怕德厚吃亏，特意传授秘诀，买两包"大公鸡"烟，让大胡子高抬贵手。

哪知道，德厚并不领情。

有人说德厚就是茅坑里的石头，又臭又硬。

德厚不以为然。

拉着小板车，"哐当哐当"，扬长而去。

60

心机

如果没有绝世妙计，对付超儿这样的鼻涕虫弟弟，注定没有胜算。

好在，我天赋异禀，聪明过人。

超儿小我两岁，他是来抢东西的。

你发明一个什么新玩意儿，他吵闹，抢不过，就咬，要么就扯衣服，不让走。

有时，还借助长辈的权威。

被逼无奈，只好让。

心不甘，情不愿。

当然，不全是麻烦，也有快乐。

你做超级弹弓，他投以崇拜眼光。

你在前面跑，鸡飞狗跳，后面跟个小肉虫，屁颠屁颠。

当老大的感觉，甚好。

所以，世上的事情，就如手心手背，至少有两面。

看到你的新玩具，他又来劲了，循环往复，乐此不疲。

山上的梨熟了，父亲买回一袋，放在厢房。

轻推门，蹑手蹑脚。

超儿已在里屋，把梨倒在地上，捡大的。

显然，他占尽先机。

我取了一个较大的就出去了。

超儿像一只土拨鼠，在整理过冬的粮食。

晚些时候，等我从外面回到里屋，地上的梨，已是残花败柳。

大的，都被他藏起来了。

我有办法。

不声不响，在剩下的梨里，选了一个相对大的，倚靠在门框外边。

单手扔上去，接着；再扔上去，又接着。

嘴里发出哼哼声，笑得一脸狡黠。

超儿自外面回来，视线停留了两秒。

之后，飞也似的跑到里屋，掀开柜子盖，伸手翻衣服，露出又大又圆的梨，一堆。

目标完美暴露。

61

小黑别死

小黑趴在那里，软绵绵的。

嘴角，白沫，呼呼，呼呼。

就在刚才，它还跳来跳去撒欢儿。

时不时，嘴凑到牛妈妈跟前，一拱一拱吃奶。

而现在，小黑要死了。

嘴角的白沫，跳动越来越弱。

小黑是一头牛犊，出生才一个月。

头上还没长角，身子还很瘦小。

叫唤起来，奶声奶气。

看到人来，跳来跳去。

它出生时，我就守在牛妈妈的身旁。

牛妈妈斜躺在草堆边，用尽全身力气。

先是脑袋出来，再而身子，再而四条腿。

裹着一身薄薄的黏液，小黑来到世间。

牛妈妈扭过头来，舔小黑身上的黏液。

小黑把脸凑过来，在牛妈妈怀里蹭。

小黑试着站起来，没站稳，前肢跪下。

它不放弃，再站起来，又摔倒。

这次是一条腿跪。

换个方向站，再次摔倒。

四五次摔倒后，小黑站起来了，骄傲地张望。

传说，牛刚生下来，要拜东南西北四方神灵。

此情此景，仿佛在昨天。

可是，现在的小黑，趴在那里，软绵绵的。

它的眼神里，没有太多的内容。

虚弱地喘气，眼泪在眼眶里。

我祈求神灵，不让小黑离开我，可神灵在哪儿呢？

兽医来的时候，小黑停止了呼吸。

它睁着大眼睛，看着这个还没有来得及体验的世界。

误食了打药的稻苗，小黑永远地离开了我。

有生以来第一次面对死亡，我哭得很累。

小黑的夭折，因我而起，每每忆及，忧伤带我回童年。

62
牛背宽宽

农家少年的整个夏天，只有两个去处。

不是牛背上，就是牛背下。

牵牛于田埂下，人上田埂。

扶牛角，左腿一蹬，右脚一跨，肚子贴上牛背，蹭两下，就上了新平台。

皮厚实，脊梁暖。

牛背有多宽？

那时，足以容得下我、夏超、海燕、小飞。

今天看来，其宽无法度量。

注意，爬牛背的时候，千万不要抓鬃毛。

你一抓，牛会疼，它一冲，你就掉到泥田里。

屁股着地还好，要是脸着地，哈哈。

活该。

清晨，我牵着牛，牛牵着村庄。

炊烟奶白，升上黑瓦，如女子般，袅袅娜娜。

浓与淡，曲与直，快与慢，与鸡犬吠声呈附和之势。

烟囱连着热气腾腾的锅，灶膛闪烁的火光，映红奶奶的脸。

她两鬓斑白，皱纹密布，难掩慈祥。

不久的将来，她烹制的饭香，会顺着她响亮的嗓门，唤回放牛娃。

我在哪里，她知道。

门口塘有水渠，直通田地。

牛往里一放，绳子缠牛角上，省事儿。

我捉青蛙，找乌龟蛋，或者，撬开蚌壳，往里头放石子儿。

那些蚌壳，里头的珍珠一定很大了吧。

若回去找，还能找到吗？

我发现一个秘密。

我坐在牛背上，与另一头牛擦肩而过。

它发出"哞"的声音，轻柔，拖长，上扬。

我听错了？

当对方以同样的声音回应时，我确信无疑。

牛之间，真的会打招呼。

牛背上的见识，远不止此。

在牛背上，我背过唐诗，吹过短笛。

牛背宽，故乡远。

63

揣糍粑

年关近了，该办年货了。

天还没亮，父母就起来，打开袋子，取出糯米。

糯米比普通的米要长，尖细，晶莹透亮。

洗好，上甑。

架起大锅，水在锅里，甑放水里，大火伺候。

母亲添柴在灶，父亲大步出门，挨家挨户邀人。

揣糍粑就那么几天，若邀晚了，人手不够，糍粑也揣不起来。

有人还不行，还得有臼。

四五个壮年劳力，气喘吁吁抬回臼，于空地挖坑，放臼于此，周围填土，踩结实了。

糯米在锅里蒸腾，小孩围着锅"沸腾"，香气弥漫，糯米熟了。

开甑后，第一口糯米饭拌红糖，香喷喷。

父亲取脸盆，盛熟糯米，倒进臼里。

最精彩的时刻到了。

人们围着臼，将木棍插入熟糯米堆，一边吆喝，一边围着转，一会儿挑起来，一会儿
杵下去。

节奏由慢而快，吆喝由低而高。

糯米先是一粒粒，后经捣碎，形成黏糊糊一整块。

揣糍粑有学问，出力不均，配合不好，糍粑会有硬块。

臼里冒热气，糯米腾香味，一派热火朝天，一屋热气腾腾。

突然，有人喊了声："搞起来！"

有人喊口号："1，2，3，起！"

众人一齐用力，将糍粑撬起，吼叫着，抬到桌上。

桌上的石灰粉腾地飞起，在空中，在手上，在衣服上。

糍粑刚一离臼，小孩钻进人群，用浸过凉水的小手在臼底一抓，热乎乎黏糊糊香喷喷，放进小嘴。

咂摸半天，回味半生。

64

评书开场了

天还没大黑，稻场上，锣鼓"叮里哐啷"。

赶紧扒两口饭，扛着竹床，拖着板凳，往外冲，占位子。

一张八仙桌，一个说书人，一架小锣鼓，一块巴掌大的响木，油光发亮。

说书人叫李麦友，家传的把式，不光说书，还看阴阳。

我喜欢《三国演义》，诸葛亮登坛借东风；弟弟喜欢《水浒传》，宋江三打祝家庄。

李麦友敲一阵锣鼓，不紧不慢，敲一阵，停一阵，快一阵，慢一阵，紧一阵，松一阵，就是不开言。

突然，他左手扬鼓槌，并不敲到鼓膜上，右手举起方木，猛地一拍。

顿时，全场肃静。

沙哑的嗓子抑扬唱道："听我开言，话说那神山上……有一块石头……"

观众翘首，瞪大眼睛，竖着耳朵。

李麦友只敲鼓。

敲一声，猴子蹦出石头。

再敲一声，大闹灵霄宝殿。

接着敲，三打白骨精。

好家伙，鼓声高高低低，唱词荡人心弦，忽而万马奔腾，忽而细流涓涓。

　　李麦友边唱边说，伴以手舞足蹈，听书人是如痴如醉，一阵叫好，一阵叹息。

　　突然，说到孙悟空被师父赶走，声音哽咽，渐至无声。

　　稻田里，蛙声一片；秧苗上，萤火虫飞来飞去。

　　说到孙悟空被三昧真火烧到昏迷不醒，李麦友把响木一拍，一字一顿地挤出几个字："欲知后事如何，请听下回分解。"

　　人群如潮水般退去，留下空空的稻场，头顶一轮明月照乡村。

童年下雪了

上学之前，父母准备好烘炉。

穿上布鞋，踩踩严实，烟子灭了，红色的木炭，时隐时现。

早自习的时光很短，琅琅读书声很长，东边有晨曦，脚下有烘炉。

趁老师不注意，从口袋里取出蚕豆或糍粑，在烘炉边沿上烤。

香得很。

也有读书入神的，忘记豆子烧好了，闻到一股焦味，取出来时，是一个小黑块，断然不能吃。

也有没睡醒的，忘记脚底下踩着烘炉，一不小心，烘炉翻了，火星子全倒出来，满教室弥漫呛人的烟味。

只好把烘炉放到教室外，经北风一吹，烟更大了，飘啊，飘啊，一直飘到很远的地方……

放学了，有人提议放野火。

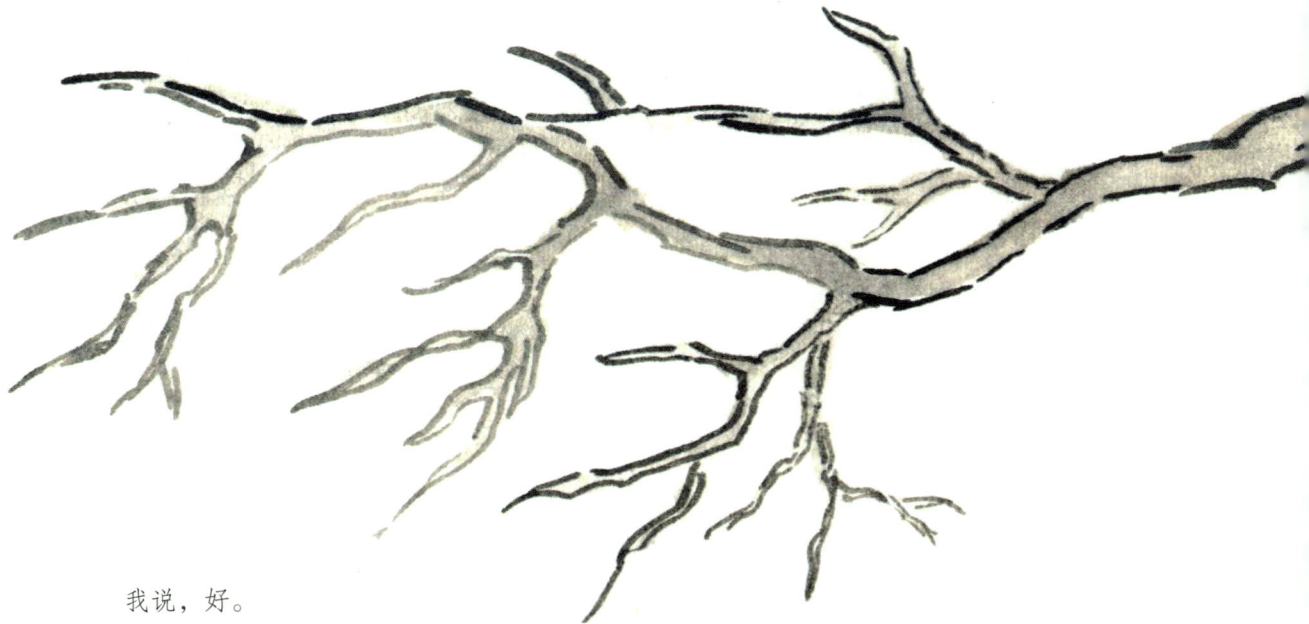

我说，好。

野草干枯衰败，特别是堤凹里。

取出火柴，几个小伙伴围成一个圈，挡风。

"刺啦"，火苗从火柴头跳到了枯草上，温度像传染病一样，引发了"共鸣"。

火在跳，我们也在跳。

有小伙伴喊："下雪了！下雪了！"

次日一早，推开门，天上纷纷扬扬，地上松松软软。

先滚个雪球吧。

谁滚得大，谁就有本事。

拿一把大锹，一人在前面拉，一人蹲在锹上，两人相互拉，滑行在洁白的雪被上，有趣极了。

屋檐上吊着的，是冰凌柱，有长有短，错落有致。

拿着冰凌柱，满村跑，寻找更长的冰凌柱。

打冰凌柱有学问，捏住冰凌柱末端，再敲上端，否则，掉下来就碎了。

冰凌含在嘴里，虽冰凉冰凉，却很暖很暖。

炸鱼

"没有枪，没有炮，敌人给我们造。"

嘴里哼着小曲，心中盘算炸鱼。

炸鱼，需深水炸弹。

没有敌人给我们造。

怎么办？

老师说，问题和解决问题的办法同时产生。

屋后有石灰一堆，正冒热气。

没有嘴也能咬人，石灰"咬手"。

道高一尺，魔高一丈。

屋前的断瓦片儿铲石灰最好。

铲起来，放哪里去呢？

小玻璃瓶子，装青霉素粉末的。

对，就是那个，橡皮盖，软软的。

放低，再低。

用树枝，往瓶子里拨。

用棍子捣，夯瓷实。

装满，前提要能盖上盖子。

深水炸弹成了，制造十个八个的。

走。

门口塘就别去了，那里热闹得很。

村东有个塘，名字忘了。

带着坛坛罐罐，摇摇摆摆，向池塘开拔。

还没走近，塘岸上，一只老乌龟一边晒太阳，一边引颈张望。

我慢下脚步，蹑手蹑脚，向前 10 米，再 10 米。

是谁说乌龟慢的？它一缩头，一后翻，滚入池塘，逃之夭夭，留下水花一朵，涟漪数圈。

逃命要紧，哪管入水姿势，丢下一世稳重之英名。

上炸弹。

往乌龟入水处投弹。

少顷，几声闷响，几处水花。

水下发生了什么，鱼知，虾知，我不知。

没有成果？

耐心点儿，再等等。

坐在塘边，丢石头，看水花。

远处，有鱼跳出水面，跃龙门的志向很大。

快看，炸弹丢下去的地方，白色的鱼肚纷纷呈上来。

童年，像一场梦。

还没醒透，天空露出鱼肚白。

67

蛋

有蛋，就有希望。

充满悬念。

放牛的时候，在草丛里，扒开土。

露出蛋，白白的，一粒一粒。

蛋不大，洗干净，用衣服包着，带回来。

找个大罐头瓶，里头垫沙子，薄薄一层。

睁大眼睛看，一天没动静，两天没动静，多少天都没动静。

不看了。

蛋里会出来什么东西，不得而知。

反正不会是哪吒。

可能是乌龟。

我见过乌龟蛋，椭圆形，个头不大。

保不准是蛇蛋。

我见过小蛇钻出蛋的情景，小蚯蚓一般，蠕动着。

尽管那么小，但蛇这东西，冷血，想想后背都发凉。

我希望是乌龟蛋，甲鱼也可以啊，总之，不要是蛇蛋。

地上的蛋，需要掏洞才能得到。

鸟窝里的蛋，在高处，得之也不那么容易。

爬树，我有天赋。

人由猴子进化而来，达尔文说得没错。

这一点，我信得有依据。

弟弟可能是另一种家养的动物进化而来，他爬不动，边哭喊，边用头拱树。

我两腿缠着树干，伸手进鸟窝，五个鸟蛋，热乎乎，圆溜溜。

轻拿，蛋上有灰斑，是麻雀蛋。

不敢放进衣服里，不然，下树的时候，蛋会破。

蛋从外面打破，就是死亡。

而从里头打破，就是新生。

怎么办？

含在嘴里。

那才叫急中生智。

鼓腮帮子，千万不能让牙齿碰着蛋。

树上的蛋，需要孵化。

玩了几天，没有什么指望。

又爬上树，把蛋送回窝里。

假以时日，鸟否定了蛋，破壳而出。

68

郑国友

过塘，上坡。

大万小学，在眼前了。

铁栅子门，关得严实，郑国友早早起来，背着手，在院子里走来走去。

来得早的同学，一看郑老师在，吓得缩回墙边。

要问谁打人最疼，都不敢说，低头弄衣角，眼睛余光却看向郑国友的屋子。

数学老师郑国友，不打屁股，专打手板心；不打女生，专打男生。

用电线，带铁芯儿的那种。

边打边吼，雷声大，雨点稀。

吼上去，比打下来更令人恐惧。

他从来不打我，唯独有一次例外。

某天下午，上完第一节课，郑老师让编应用题，谁先编完，后面两节课放假。

我很快编完了，而且全对，郑国友却打了我。

做完后，双手把本子递过去。

他左手拿本，不说话，右手捻几根稀胡子，面无表情。

我的心一阵紧，手心直冒汗。

他扬起鞭子，我下意识地伸出手。

闭上眼睛，等待疾风暴雨。

没有打手板，却轻轻地敲在我的脑袋上。

"滚吧。"

谢天谢地，逃之夭夭。

每个人都怕他，理由千奇百怪。

年喜怕他咳嗽，他一咳嗽，年喜说话就结巴。

保华怕他拿鞭子敲讲台，他一敲，保华的瞌睡虫就跑得无影无踪。

怕与爱之间，独我徘徊。

当然，郑老师也有他温暖的一面。

冬天某日，早上起得太早，到校天还没亮。

翻门进学校，坐在教室里，黑洞洞的，冷嗖嗖的。

郑老师听到动静，从黑板旁的小门出来，拉我钻进被窝。

荷塘深深

"扑通",我跳进荷塘。

野鸭扑腾,荷叶摇晃不止。

微风起,荷叶摇曳,水珠从一片荷跳到另一片荷,与等候在那里的朋友见面,拥抱,聚集更大的温柔。

微风再起,水珠晃啊晃,仿佛荷叶妈妈在哄它的小宝贝睡觉。

偶尔，一阵大风起。

哗啦啦，荷叶相互擦肩，全场欢腾，一池清香起。

烈日当头，荷叶当伞。

蜻蜓来了，有红得发紫的"新娘"，有嫩黄透亮的"小鲜肉"，有"恩爱夫妻"，形影不离，有时叠着飞。

对蜻蜓而言，荷尖是驿站。

对农家少年，荷塘却是日常。

踏进泥里，深陷肥沃的滋养。

对于泥土来说，少年的腿与藕无异。

荷叶亭亭玉立，荷花芳香四溢，形成了绝对的荷塘诱惑。

一步一步，往荷塘深处探。

不能再走了，再走就悬空了，踏不到泥土，心里空空落落。

顺着秆茎，用脚探，不要去管茎上的小刺，它们不会伤你太深，只是小小的警告。

绚烂给了荷花，芳香给了荷叶，藕静静地躺在那里，最沉的果实，往往藏在最深的心底。

捏着鼻子，一个猛子扎下去，顺藤摸瓜，揪出"白胖子"。

洗了泥，刮了锈，咬一口，甜。

荷塘在故乡，月色伴清香，时空俱远，心要靠岸。

你与荷塘的距离，不是千山万水的空间阻隔，不是匆匆那年的时光飞逝。你深入的，不是荷塘，是方所；脚触摸的，不是藕，是时光。

70

人家打伞 我戴斗笠

"大头大头，落雨不愁，人家打伞，我有大头。"

一场雨接着一场雨，在遥远的童年流淌。

还有一首童谣，一段关于伞的记忆。

透过教室窗口，向外望去，陆陆续续，有家长送伞。

我向外张望。

下课铃响了，人去室空。

我家离学校最远，父母都忙。

没有同伴，虽然头也不小，但落雨我就发愁。

喧闹的教室，顿时安静下来。

我说：雨停。

雨不理我，它从上面来，不可能去理会地球上一个少年的指令。

我站在窗前……

我坐下来……

我在走廊里来回走……

我在黑板上写字……

我模仿老师训斥万保权的样子……

我学万保权被训时的哭腔……

我把白天老师讲的课文背了很多次……

干脆，走到屋檐下，看断了线的珠子滑过我的眼前，落在地上，溅起来，四散开去。

我踮起脚尖，透过雨帘，眺望校门口。

校工打量我，问要不要去他那里。

我笑笑，摇头。

天暗下来，一颗等待奇迹的心，也暗了下来。

这世间万事，等待何用，需主动出击。

当我明白这一点时，顶着书包，跑出校门，听见赤脚板儿打在泥上。

过大万村，路边有位伯伯请我进屋，帮我擦干头发，换上干衣服。一会儿，伯母走过来，端一碗挂面，热气腾腾。

饭后，为我戴上斗笠，取胶纸裹满全身，严严实实。

"大头大头，落雨也愁，人家打伞，我戴斗笠。"

71

又见炊烟薯饭香

放学，书包一甩，挨到灶前。

接过奶奶手中的棉花梗，往灶膛里塞。

火光打在奶奶的脸上，一闪一闪，瞳孔里跳跃着火的活力。

开碗柜，取搪瓷盆，舀三碗米，倒进去。

白色的水面，漂浮着谷壳。

淘米，清除漂着的谷壳和草，还有沉底的黑沙。

灶台上有两口锅，离灶口近的锅煮饭，远的烧水。

灶口右侧有小洞，里头放着"洋火"。

取出，抽开，"红头大哥"躺在里头，等待重用。

摸出一根，在火柴盒侧一划。

"刺啦"，微弱的火光，放在草把子中心，火光由小到大。

星星之火，可以煮饭。

洗好红薯，放进米水之中，似珠玉镶嵌。

添柴有技巧，火候靠经验。

添得太多，烟大，火猛，米汤会溢出来。

加冷水，把满锅的热情压下去。

添得不够，容易熄火，煮饭时间太长。

时不时，还要揭开锅盖，搅动搅动，防止粘锅。

锅里沸腾了，沥饭的时机到了。

取来竹沥箕，放在搪瓷盆上。

用葫芦瓢舀粥，倒在沥箕上，米汤流到盆里，白花花，米饭堆在沥箕上，白胖胖。

米饭沥干了，倒回到锅里，盖上锅盖。

千万不能揭盖子，会走了香气。

从此，米的精髓一分为二，一份在饭，一份在汤。

米汤面上，有一层薄薄的壳子，那可是宝贝。

再一会儿，饭香、红薯香随着蒸汽涌上来，香满屋。

揭开锅盖，铲一块锅巴，管它烫不烫手呢！

72

背着那书包上学堂

擦干脸上的泥，背起帆布书包，跨出门去。

书包上面，有个五角星。

爸爸有辆自行车，是凤凰牌的，二八大杠，前面的横杠是平的。

我扶着龙头，一跳，坐上去。

先是疼，后是麻。

学校离家五公里，上坡路上，爸爸呼吸粗重，喷到我的后脑勺上，灼热。

下坡时，他嘱咐我扶紧龙头，一路唱着"孩纸，择似内的嘎"（电视剧《陈真》主题曲：孩子，这是你的家），向坡下冲去，头发根根竖立。

有一种"昏睡百年，国人渐已醒"的奋发图强感。

学校里，我遇到的第一个麻烦，就是万保权。

他咬笔头、擦鼻涕，下课时，前呼后拥。

上课时，孩子们都对他毕恭毕敬，当面喊保权哥，背后喊保蛮子。

他拿根毛笔，装模作样写大字，我和同学追逐到他身边，他一伸脚，我一个趔趄，趴到桌子上，毛笔开了花。

他霍地站起来，咬牙切齿，吐出一个字："赔！"

我抢过毛笔，在纸上画了个大大的叉叉，然后潇洒地扔掉了毛笔。

那时候我就知道，对暴力讲理，只会失败。

每周四下午，是体育课。

说是体育课，其实就是自由活动，男孩在操场追逐，女孩在墙角跳绳。

累了，就听语文老师讲稀奇古怪的故事。

现在还记得，他讲过一个人去饿牛岛求仙的故事，那个人找了好久，没找到仙人，看到一个牧童，就吆五喝六，没想到那个牧童就是神仙。

所以说，仙不可貌相。

卖冰棒

知了在树上，焦躁；水牛在池塘，舒服；太阳在天上，火辣。

这时候，要是听到清脆的铃铛响，后面还有一声吆喝"冰棒，冰棒"，就再完美不过了。

围拢过去，卖冰棒的少年摘下草帽，头发卷了，滴汗。

打开车后座上的盒子，揭开棉被子，一股白气冒出来。

抽出一支冰棒，递到我手里。

第一口下去时，必须闭上眼睛。

我也动了卖冰棒的心思。

自己制作了冰棒箱，拿上父亲给我的五角钱，到小镇冰棒厂上货。进价两分半，卖五分钱。

卖东西，得吆喝，这是个难题。

我脸皮薄，心里想着吆喝，可半天就是不敢开口。

终于，鼓起勇气，躲在草垛后，喊"冰棒"，只有自己能听见。

没人发现，又喊了一声。

心咚咚跳，纠结得很，既怕人听见，又怕人听不见。

好在，小孩子对冰棒的嗅觉是天生的，灵敏得很。

不一会儿，老太太领着光头小孙子，摇摇晃晃凑近。

递过去冰棒，接过钱，手都是颤抖的。

卖得多了，经验就多。

冰棒大多是小孩子吃，到有孩子的人家门前去吆喝，成功率最高。

经验持续积累，吆喝声不仅要大，还要抑扬顿挫，有起伏，有转折，尽量拖长尾音。

孩子哭声越大，成交率越高。

时光飞逝，一晃三十年过去了，每到夏天，看着骑车的人，我就想起当年的那个卖冰棒的小小少年，满头大汗地穿村走巷送清凉。

大可乐

知了是造物主的杰作。

它维护的是热的氛围，并升级为燥热。

一个调子唱到黑，执拗。

站在太阳底下，汗水滴下来。

拯救者骑着二八自行车，叮当作响，沿小道而来。

一声叫卖，一种盼头。

"冰棒两角，大可乐四角。"

车后座上，有木箱一只。

人们走上前，摸口袋，拿钱。

小伙开箱，掀被，冷气冒。

冰棒于襁褓之中，冷静而矜持。

取出冰棒，迅即盖上，怕跑了真气。

一人一根，放入口中，冰凉沁肺。

大可乐是一种宽冰棒，吃起来更可口。

我吃过，也卖过。

镇上有冷库，父亲有自行车，我有木箱。

母亲拿来一床旧被子，真是及时雨。

卖冰棒的行头有了。

走，进货去！

进货不叫进，叫上。

上冰棒八分，上大可乐一角二。

如果运气好，可以上绿豆冰棒。

这可是稀罕物，每天就那么几十根，去晚了可就没了。

　　一开始卖冰棒，我的声音很小，不敢大声叫卖。

　　二茗哥卖冰棒有些时日，不仅叫卖声大，而且拿腔拿调，与树上的知了形成鲜明对比。

　　知了聒噪而坚毅，是热的煽动者；

　　冰棒沉默而淡定，是冷的携带者。

　　真是一物降一物。

　　高与低相互转化，冷与热相互交换。

　　历史和现实，相互佐证，相互成全。

　　人们在时间和空间里，交换、交替、交融。

　　离开乡村许多年，我打开过上百个冰柜，吃过上千种冰棒。

　　确信，世间再无大可乐。

知了

寒假刚过，我就盼望着。

我喜欢暑假，可以打赤脚，光膀子，还有就是抓知了。

"池塘边的榕树上，知了在声声叫着夏天。"

是的，夏的热烈，需要有呼应。

知了痴迷唱歌，天越热，它越投入。

没有百灵鸟的嗓子，却很执着。

它唱得肝肠寸断、眼冒金星、深度缺氧，自我陶醉得很，可听众不买账。

在饱餐一顿的午后，想睡午觉，可知了不管。

提抗议，它无动于衷，不理不睬。

有时候，讲一百遍道理，不如打得一拳开。

一根竹竿不够长，就两根长竹竿绑接在一起，在顶端用铁丝穿上网袋，再围成圈。

知了你别叫，哥等会儿就来，抓你这个多嘴的货。

接近知了时，要慢，极慢，不然就把它吓跑了。

等到靠得很近时，对准头部，猛扣。

果然，它再也没有心情歌唱夏天了，在网袋里挣扎，扇动翅膀，不叫了吧。

一只手捏住知了，举到眼前，另一只手摁住背部黑块，它竟然又叫起来了，一松手就不叫了。

突然明白，这个黑色的部位，就是鸣叫的控制开关。

有一个成语叫金蝉脱壳，树上那黄褐色透明的、如同油炸过的东西，是知了的壳。

知了跟蛇一样，要想长大就得蜕皮，只有不断抛弃旧的束缚，才能实现新的成长。

在城市的夏天，偶尔听到知了叫，我也会驻足，仰头朝树上看。突然发现，它叫起来并不令人烦恼，反而很亲切。

76

溏心蛋

一条伤疤，在腿上，不长也不深，却带我回到八岁那年那天。

那个晚上，我号了大半夜，直到村里卫生员拿着红汞水，对准伤口，将棉签擦上去时，剧烈的倾盆大雨一般的号啕，变为小雨滴滴答答一般的抽泣。

父母卖完谷子，从集镇上买回凉鞋。

凉鞋的气味让人陶醉，可是，无论多么爱惜，凉鞋还是断带子或者断鞋底。

总不能光脚上学吧。于是，找来半截子钢锯条和塑料纸，点上煤油灯，用布条缠住钢锯条的一端，将另一端放在火上烤红，掰开断裂的鞋底，将塑料纸塞在裂缝里，再用烧红的锯条伸进裂缝。

屋子里弥漫着一股刺鼻的烧焦味道，青烟过后，拿出锯条，趁热用力将鞋底裂缝挤住，等上两三分钟，断裂处便粘上了。

忠民哥手艺最好，成了粘胶鞋专业户。细姐提着凉鞋来了，忠民哥捋袖子，开始粘鞋子了。

可是，这双鞋的断裂面太小，忠民哥不小心将烧着的塑料纸弄到了手上。

他本能地往外一甩，甩到我的小腿上。

忠民哥一看不妙，赶紧将塑料纸扯了下来。

这一扯糟了，一块皮掉了，火辣辣地疼，哭声震天，惊动了母亲和隔壁刘阿婆。

一件坏事背后，总跟着一件好事。

每天，刘阿婆等在鸡窝边。

母鸡刚一挪窝，刘阿婆伸手取出土鸡蛋，送到母亲手中，热乎着呢。

少顷，母亲从厨房端出一份溏心蛋。

锄草记

麦苗在地里铺开，草也跟着风起云涌，忠民哥带我锄草。

草帽湿了，有蒸腾的味道。汗水滴下来，渗入黄色土地，一会儿就不见了。

我躺在地头，嘴里叼着狗尾巴草，看天高云淡。

我喜欢这样看天空，万里无云，微风在耳边，麦浪在眼前。

　　忠民哥一边锄草，一边念叨："大王派我来巡山，抓个大姐做晚餐；大王派我来锄草，吓得地鼠到处跑……大王派我来……"

　　忠民哥低头锄草，一锄头，又一锄头。

　　过一会儿，干脆把锄头一扔，跟我一起躺在地头。

　　忠民哥粗壮的胳膊，重重地甩在我的肚子上，那叫一个沉。

　　"你看，你看，有飞机。"

　　顺着忠民哥手指的方向，我抬头。

　　嘴里的狗尾巴草被嚼烂了，顺手扯一根新的，放进嘴里，微甜。狗尾巴垂下来，刮在脸上，有点儿痒。

　　忠民哥指着一旁的锄头说："你看这锄头前面的铁，铮亮铮亮的，可以做飞机的翅膀。"

　　"但是，飞机那么大，一个锄头恐怕不够吧？"

　　"是的，锄草其实是为了让锄头片儿更亮，亮锄头片儿多了，就能造飞机。"

　　我一骨碌翻身起来，猫着腰，撅着屁股，在地里锄起草来。锄一会儿，看看锄头是不是更亮了。

　　一想到我的锄头终将变成飞机的翅膀，我的干劲更足了。

　　忠民哥躺在地头，麦浪在风中起伏，我的心随麦浪沉浮。

78

纸作童年

每一个男孩都有飞翔的梦。

叠纸飞机可圆此梦。

等了许久，下课铃响，这一声，不亚于十月革命的那一声炮响。

重获自由的欢畅，脱出牢笼的轻爽。

跑啊，跳吧。

拿着上课偷偷叠好的飞机，来到操场上。

那里，是试飞场。

六子和小进早到了，排成一排，将机翼在脸上擦了几下，放在嘴边哈两口气。

预备，飞！

纸飞机优雅地划过低空。

有的盘旋回来，有的一头栽在地上，有的飞到树上，还有的飞到瓦上，命运各不相同。

其实，胜负不重要，过程最重要，欢呼声、唏嘘声，回荡。其实，胜负很重要，小小的心，不服输。

如果，叠纸飞机是"上九天揽月"的雏形，那叠纸船就是"下五洋捉鳖"的原始模样。

大雨，在头顶酝酿，下来之前，总有黑云作先遣。

课，是听不下去了。

扭过头，看窗外的雨帘，我回到花果山水帘洞。

我坐在石凳子上，孩儿们躺的躺，坐的坐，抓耳挠腮。

这时候，有一截白色粉笔头迎面飞来，正中额头。

一阵哄笑过后，我的"元神"归位，回到教室。

一会儿，趁老师不注意，我轻轻地撕一张纸，叠纸船。

纸船叠好了，教室里的水，也慢慢积起来。

俯下身子，低头，小心翼翼地放于脚下。

积水虽浅，但足以承载纸船。

纸船虽小，但足以承载少年的欢乐。

轻轻一推，纸船在教室桌椅腿间，漂漂荡荡。

父亲

看我满头大汗，父亲递过来水杯。

我摇了摇头，并不去接。

父亲说，你嫌老子脏吧？

我说，注意点儿卫生好些。

半晌，父亲不说话，一会儿，轻描淡写地说，我儿现在高级了，你小时候喝水，我含一口水，你要喝五口。

瞬间，石化。

有些事，还是永远不知道的好。

这其实不算什么，让我耿耿于怀的，是另一件事。

他记错我的生日。

我的身份证上写的是 3 月 21 日，其实是 5 月 8 日。直到有一天，我回老屋，翻出一个红壳笔记本，某一页上写道：伟出生，农历三月二十一（5 月 8 号）。

下面还有两行字，母猪下崽 7 只，东伢 2 只，六儿 2 只，喜宝 1 只，另两只留给我儿做伴。

这个错误并不严重，但是很典型。

直到多年后，我在医院产房，接出来一个哇哇大哭的婴儿时，突然好像明白了什么。

后来，在北京陶然亭公园，遇到尚敬福博士。

他给我看身份证，同年同月同日生，连身份证上的日期都错得一模一样。

初为人父，迎来第一个孩子，那一刻，喜悦致狂，诚惶诚恐，忘记当天是什么日子，太正常不过。

很小我就离开父亲，那一年我8岁，他送我到县城念书。
父亲说，男人不到外面去，在家里会有什么出息？
于是，这一出走，就是半生。
父亲仍像当年那样，只是，背驼了，腰弯了，发白了。
不复当年的风华。

80
乡村夏夜

农忙时节，小孩子也要下田插秧。

傍晚时分，小泥猴从田里爬上来。

伸不直腰，顺口说了一句："腰痛。"

父亲说："蛤蟆无颈，细伢无腰。"

带着一身臭汗，跑到门口塘，扑通。

一旁洗浴正酣的水牛，噌地从水里站起来。

"翘嘴白"在大腿上、屁股上撞来撞去，蚊子在空中，像小型轰炸机，俯冲。

洗净后，爬上岸，一阵风吹来，清凉得很。

肩搭毛巾，身上滴水，走到门口。

伸手，接过母亲递来的蛋炒饭，狼吞虎咽。

脚下，大公鸡蹿来蹿去。

乘凉，是一天最惬意的时刻。

提一桶水，到大门口，洒梧桐树下，一阵湿热的泥土气息，在空气中蒸腾。

奶奶扛着竹床，从里屋走了出来，我搭把手，稳稳地放在梧桐树下。

我躺上去，奶奶拿着破蒲扇敲竹床："还没擦，你这泥猴儿。"

我赖皮，奶奶就佯装要把竹床的一头抬起来，我顺势滚了下来，站在地上。

夜幕降临了，萤火虫在秧苗上，忽停忽走，一闪一闪。

像三大爷的烟斗，在夜里，一明一灭，像对话，也像呼吸吐纳。

唱着"亮巴虫多多，亮巴虫垛垛"的儿歌，心里却在呼唤，快来竹床边，快来梧桐树上。

萤火虫是地上的星星，星星是天上的萤火虫，都是夜的眼睛。

在城市的夜空，没有闪烁着灵光的眼睛。但是，在夜阑人静时，乡村夏夜的眼睛，总凝神闪烁。

在心田，在梦乡。

81

卖棉花的小姐姐

"吱～呀"，门开了。

跨门槛，进雾中。

鸡叫头遍，稀稀拉拉。

我上学去。

门口，栀子花香气弥漫。

采两朵，夹在语文课本里。

这样，上课时，会有醉人的香气环绕着我。

小黄叫，摇尾巴，跑过来，在脚下蹭来蹭去。

有它跟着，走山路，一点儿都不害怕。

盘山小径，九曲回肠，是我求学的出路，而求知，是我远走天涯的出路。

农村虽好，世界很大，要出去看看。

走到深塘口，隐约听到说笑声，清脆如铃铛。

几位长发姐姐，身着白衣，各挑一担袋子。

袋口，有棉花露出来。

离我最近的姐姐，一只手扶扁担，一只手拨弄带露水珠的刘海。

我的小黄叫唤起来。

姐姐回头看见我，浅浅一笑，露出两个小酒窝。

她伸手拉我，问："冷不冷？上学去吗？怎么没有个伴儿？"

我咧开嘴，冲她笑，朝脚下的小黄努努嘴。

她一手扶担子，一手牵我。

一路走，一路问；一路走，一路笑。

到一个路口，要分手了。

停下来，放下担子，取手帕，擦干我发间和脸上的露珠。

我看见，她呼出的白气，在雾里。

她转身，她回头。

背影，消失在雾里。

突然记起，书里有栀子花。

心里想追上去送给她，可并没有行动。

她们打哪里来？叫什么名字？

我不知道，这辈子都不会知道。

生命中有许多这样的过客，来了，又走了。

遇见，是偶然；陪伴，却温暖。

82

少年江湖功夫梦

有志不在年高。称霸武林的志向我五岁就有，直到九岁才付诸实践。

只是，没有在山林深处迷路，没有误入野山洞，没有偶然找到江湖秘籍，没有得到绝世名师指点。

甚至，连一个小师妹都没遇到。

好在，我有自学成才的高贵潜质。

当一台手扶拖拉机"突突突"开过来时，我意识到机会来了。

坐在拖拉机上的是长庚伯，古铜色的脸上，肌肉跟着拖拉机的节奏，"突，突，突"地颤。

车斗向后倾，哗啦啦，一车沙子，倒在新地基旁，小山包一般。

有了沙子，希望就有了。

驼背老伯讲，绑沙袋可练轻功。据说，每天增加重量，七七四十九天解除沙袋后，飞檐走壁不是问题。

"飞檐走壁？"

"对，飞檐走壁。"

找母亲做沙袋，到沙堆装沙子，再找母亲缝合沙袋。

绑在腿上，跳啊，跑啊。

功夫不负有心人，我还真练成了。

几丈高的土墙，我纵身一跃，轻而易举就飞了上去。

到门口塘，水上漂，蜻蜓点水，那么宽的水面，我轻轻跑过去，清晰地见到身后的涟漪，一圈一圈，向外扩散开来。

可不幸的事发生了，遇到一个武林高手，轻而易举废了我的轻功。

一声响亮清脆的击掌声，带我回到夏夜竹床。

泡桐树下，奶奶打蚊子："总算把你这吸血的家伙打死了！"

她练成了如来神掌。

83

看"龙"

万保权嘴角一歪，对我使眼色，把头往门外一偏。

他有话要说。

我看看左右，同学们都趴在课桌上午睡。

我轻轻起身，把凳子提起来，慢慢放下，之后，蹑手蹑脚，从红梅身后走过去。

她嘴角的哈喇子，顺着脸往下流。

嘴一张一合，我都能猜到，这胖丫头一定是做梦，梦到好吃的了。

我差点儿笑出声来，手掩住嘴，屏住呼吸，走出教室。

万保权在墙根等我。

"你知道吗？听说，蔡家大湾的棉花地里，打雷劈死一条龙。那胡须，都有这么长。"一边说，一边比画着。

"据说，棉花都烧焦了，好几块棉花地都毁了。"

"啊？"我张大嘴，瞪大眼睛，惊讶至极。

正说着，年喜走过来，肩上的担子一晃一晃。

走到跟前，把担子一搁，取下草帽，当扇子扇。

"去看龙了吗？"年喜问道。

我更加好奇了。

万保权想去，一个人又不敢，希望我做个伴儿。

铁门岗乡大万村蔡家大湾离学校好几里路，来去要两个多时辰。

万保权和我都没出过远门，在村里，他是小霸王，出了大万村，他话也不敢大声说一句，躲在我身后，像只小鸡儿。

回到家，我给父亲说了蔡家大湾棉花地里的事。

他不理不睬。

于是，我写一张纸条，用一块青砖压在枕头上。

"爸爸，我长这么大还没见过龙呢。它是天上的，不容易见到，我去蔡家大湾看龙去了，万保权跟我一起。"

84

全塆人看一台电视

天一杀黑，我最盼望的，就只有一件事。

全塆的人，背着凳子来了，坐在堂屋里。

父亲从大门进来时，引起一阵骚动。

他伸手，摸口袋，取电视柜的钥匙，插上调压器电源，把全塆唯一的一台黑白电视机打开。

雪花跳动的屏幕上，一点影子都没有。

屋外的电线杆上，绑着一根竹竿子，上面，是铝管弯成的天线。

电视有没有影儿，就靠它了。

转天线的任务，自然落在父亲的身上。

屋内的人，一阵欢呼，一阵惋惜。

"好了，好了，清楚了。"

"转过了，再转回来一点。"

左转一下，右转几下，声音也不"呲呲"，屏幕也不雪花满天时，电视里传出打斗声。人们的欢呼声，把农村夏日的夜晚，装饰得热火朝天。

哇，《霍元甲》，武打的，好看。《再向虎山行》《陈真》《霍东阁》等，都是武打片，过瘾。

最经典的，当数《射雕英雄传》。

　　大漠凄冷，打斗沸腾，女孩儿爱俏黄蓉，男孩子喜傻郭靖，我独爱洪七公烤叫花鸡，周伯通左右手互搏，郭靖的降龙十八掌。

　　《射雕英雄传》播放时间一到，无论人们手头在忙什么，统统停下来。

　　哪怕是"双抢"季节，插秧的、挑谷的，都在忙活着，但心里都在盼着《射雕英雄传》，一天三集。

　　时间一到，腿上的泥都来不及洗，就坐在电视机前的地上，眼巴巴地看，目不转睛，生怕错过。

85

母亲的"三斗三"

"三斗三"是门口塘外最大的田。

田大，又不肥，形状不规则，分田时，聪明人避之不及。

母亲说："我要了。"

架起独轮车，挖出猪圈里的泥，一车一车，往田里送。

还时不时找干草，切碎，放进田里，沤肥。

不出一年，"三斗三"这个黄泥坑，变成黑油油的肥田。

庄稼苗子一种下去，长势喜人。

母亲讲不出太多的道理，但事实摆在那里，"三斗三"由"瘦"变"肥"，事在人为。

为了让"三斗三"高产，扯秧、挑秧、甩秧把子，母亲都要亲自干。

那一年，父亲脚上长了一个"谷鸡"（一种化脓的包），不能下田，在家歇着。

偌大的水田里，母亲一个人，头也不抬，鸡啄米一般，插秧。

天黑了，我挽起袖子和裤腿，一脚插进水田里，大声说："妈，不怕，有我。"

母亲擦了擦额上的汗珠，停下来，教我怎么分秧，怎么对齐，怎么横平竖直，怎么以退为进。

母亲说，秧分多了，太密，长不开，结的谷穗就少；太稀，又浪费空间，田的力气出不来。产量上不上得来，全靠分秧。

母亲告诉我，田里学问大，横平竖直，站得直，插得深，秧苗成活率就高，而且不会相互抢营养。

插秧，与人生一样，后退就是前进。

月亮升起来，我分好秧，准确地插到水里的月亮上。

月光下，秧苗横平竖直，整齐划一。

母子在田，田在月下，月在田中，晶莹透亮。

86

薄荷在农家少年的夏天

睡醒的时候，屋外的阳光透过窗户，打在土墙上，晃眼睛。

窗台的五屉柜，泛着梧桐树的香气。

柜子上，静静地躺着我的玻璃水杯。

圆圆的盖子，盖得严实，半瓶水，一片叶子，脉络清晰，斜躺在里面。

显然，它还没醒透。

一棵薄荷在少年的夏天，往往是不能言说的。

每天，有这样的一片叶子，放入我的玻璃水瓶里。

无论多忙，只要一看到它斜躺在水中，我就心满意足。

关于薄荷的记忆，除了清凉，还有与薄荷有关的事。

每天，课间休息时，各人都拿出自己的薄荷叶，进行交换。行情大概是这样的，一片红叶子换两片白叶子。

除了直接买卖薄荷叶子，还有种苗交易。有人取出一棵小苗，根部用一团圆圆的泥土包裹起来，塑料包着泥土。这一棵小苗标价是5分钱。前来问价的人络绎不绝，有人摇摇头说："成色不错，就怕养不活，3分卖不卖？"

我的薄荷都是自己种的。在地的一角，找一块不靠近路边的土地。既要避免路过的牛羊一脚踢到，也不能让野兔出没时，把这娇嫩的宝贝吃掉。还要防止我妈，这位勤劳的女人，把我的宝贝当成杂草给清理了。

每天中午放学，顶着火辣辣的日头，顾不上戴草帽，径直跑到小河边，用舀子将蝌蚪拨开，拿掉面上的水草，舀满半葫芦瓢，轻轻地点在薄荷四周。

87

洗冷水澡挨顿打

午后的毒日头下，我和老二跪在稻场一角。

老爸拿着扁担，一边打，一边吼："敢去洗冷水澡？"

老二鼻涕一把，眼泪一把，号啕大哭，我隐约听见："不要打了，不敢了！"

我咬着牙，昂着头，一言不发。

这让老爸更生气，本应该打在老二屁股上的板子，都如雨点般落在我的屁股上。

在那个荷花盛开的夏天里，我的屁股也开了花。

形势也会出现转机。

是的，救星来了。

"哪个打我孙儿！"

奶奶，三寸金莲，三步并两步，碎步移了过来。

"我的儿，奶奶来晚了。"挨打不哭，奶奶来了，泪水就下来了。

村后深塘里的水，有着清凉的诱惑。一个猛子扎进去，好不快活。玩了一阵子，突然，老二号啕大哭。拖他上岸，一股鲜血从右脚拇指缝流出来，被塘里的玻璃碴划破了。

我找一根芭茅，撕碎，撒在老二的脚指头缝隙里，血止住了，哭却止不住。

我背老二回家，老二一瘸一拐，脸上有泪痕。

父亲用指甲在老二胳膊上刮，一条白色印记露出来。

晚饭前，奶奶喊我去厨房，一边往土灶里添棉花梗，一边讲故事。

"你出生的第二年，深水塘里，三奶奶的独子洗冷水澡淹死了。你爸爸不让你洗冷水澡，是为你好啊。"

我点点头。

火苗窜到灶边，映红了奶奶的脸，那么慈祥，那么亲。

88

老师再打我一次

三尺讲台飞来一段粉笔头，惊回千里梦。

以粉笔为武器，向学生发射的，是吴老师。

如果，孩子在吴老师班上，会被人高看一眼。

吴老师教学的半生经验，归于一根断粉笔。

他教汉语拼音"b"的时候，他一拐一拐，从讲台这头走到那头。

"跟我念，波，博，跛，擘。"

讲"p"时，他取一把锤子，把好好的罐头瓶，当着我们的面，敲破。

"记住了吗？"

"没记住，你的小脑袋，就会 p。"

接着，闭上眼睛，伸出双手，"跟我念，摸，摸"。

他讲得唾沫横飞，有学生呼呼大睡。

他回到讲台，张开巴掌，四个断粉笔，呼啸而过，精准命中。

与吴老师相比，夏老师则更为直接。

教室搬到楼顶，一半是教室，另一半是植物园。

一阵风吹来，石榴在枝叶间晃荡。我带人翻墙，摘一个不甜，扔掉，再摘一个。

生物教学的教具被袭击了，夏老师大发雷霆，限时破案。

几个家伙被揪到教室最前面，低头不作声。

夏老师手持竹棍，扬起，气势磅礴，排山倒海。

竹棍落在讲台上，粉末在阳光里，明显加了速。

老师打人多用工具，但刘老师根本不屑于借助外力。

他不动声色，走过来，捏拳头，对着你的脸。

直接用拳头吗？

非也。

突然，张开拳头，变成一掌，往后一推，好几个趔趄。

什么功夫，这么厉害？

89

姜塆有狗

上学，必须路过姜塆。

村后，有一片茂密的竹林。

某天，我走近时，竹林飞出几只母鸡。

紧接着，"汪，汪，汪"。

一条恶狗，窜出来。

我以百米冲刺的速度逃命，只恨自己没插上翅膀。

很不幸，被一根老树根绊倒在地。

它扑过来，一口啃在我的小腿上，所幸，只把裤子咬破一个洞。

形势十分危急，千钧系于一发，德正爷爷将放鸭子用的长杆往空中一扬，我得以虎口脱险。

睡梦中，我的战斗更激烈。

它追上来，我满村跑。

突然，迈不开腿，眼睛一闭，听天由命。

谢天谢地，醒了。

梦里也有得意时，我身披盔甲，手持长弓，它应声倒地，扬眉吐气。

无论是噩梦还是美梦，终究要醒，必须丢掉幻想，准备战斗。

可是，装备不升级，战斗力不提高，还得遭犬欺。

正当我愁眉不展时，爷爷赠我一根绝世好棍。

身在恐惧中的男孩需要这样的礼物，真是雪中送炭。

手持打狗棍，再次路过姜垮。

狗叫声不绝于耳，却不见冲出来。

原来，狗也在审时度势。

由于武器装备升级，我与狗之间进入了战略相持阶段。

偶尔，有一两次，放松了警惕，忘记拿棍子。

狗冲出来，眼看要到眼前，我迅速蹲下。

这突如其来的举动，它被吓住了。

不叫，也不冲，悻悻地，转头逃窜。

估计，它以为我要捡石头。

我自豪地宣布，战斗进入战略反攻阶段。

90

驴头狼

她迈着三寸金莲，挪过来。

她来接我。

方圆几十里，夏奶奶是出了名的接生婆。

母亲阵痛时，已近黎明。

也许，我信奉沉默是金的信条，出生时，不声不响。

夏奶奶可不吃这一套，提起两只脚，照着屁股，狠狠地连打三巴掌。

"哇，哇"，哭出响亮的声音。

这一哭，引发公鸡打鸣。

大人们真是奇怪，不哭的要你哭，真哭了又不要你哭。

弟弟是个"哭匠"，不说话，张开大嘴，哭得惊天动地。

饿了，哭；渴了，哭；困了，还是哭。

母亲被吵得没办法了："再哭，驴头狼就来吃人了，专吃好哭的细伢！"

听到这些话时，他总算息了声，抽抽搭搭，坐在那里，四处张望。

我嘟囔着，什么驴头狼？都是骗人的。

虽然，我天生不好哭，但我总希望夜晚有个小孩哭一场，把驴头狼给哭来。

我好躲在暗处，看它长什么样。

虽然，我不想弟弟被吃，也不想隔壁的任何小伙伴被吃。

但我还是好奇，驴头狼究竟长什么样？

对于未知的东西，恐惧跟想象力成正比。

它可能长着驴子的头，有着狼的牙齿和利爪，见到哭的小孩，一把抓起来，往背上一甩，背上的尖刺，正好戳穿胸膛。

想象力真是个魔鬼。

不敢想了。

我怕什么？反正我又不好哭，好哭的孩子才会恐惧。

今天，我要告诉你一个秘密。

大人小孩，想哭就哭，真的没有驴头狼。

91

罐子咸菜蒸钵饭

一个布袋，一袋好米，驮在背上，我上学去。

午餐，在伙房的水泥池子里蒸。

早自习的下课铃一响，我活蹦乱跳起来。

打开米袋子，舀米两勺子，放进搪瓷钵。

钵上写："劳动光荣"。

出学校后门，到池塘。

找一个缓坡，扶着草或树根，下到水边。

拨开水草，舀清水，用手划拉米。

水很快就混浊了，手掌摊开，按住米，将浑水倒进塘里。

鱼儿最懂米的香。

取几粒米，扔水里，看米粒缓缓下沉。

突然，一条鲤鱼噙住一颗米，红尾巴一甩，不见了。

米洗好了，排着队，来到伙房。

取饭盒，放进铁篮子，抬到热烘烘的水泥池子里。

钵子里的米和水，要有一定的比例。

水多了，饭就跟粥一样，吃起来黏糊。

我喜欢吃颗粒分明的饭。

次日，我记得少放水。

可这一次，又失算了。

饭倒是一粒一粒的，却是夹生饭。

　　反复试，多次后，终于能凭着感觉，把饭做得刚刚好，蒸出来的饭，既不硬，也不软，一粒粒，香喷喷。

　　蒸饭的学问，在于火候，在于平衡。

　　饭是有了，菜在哪里呢？

　　罐头瓶里。

　　咸萝卜，红色的，咬起来，咯吱声，脆得很。

　　也有腌白菜，褪去青绿，变成褐色。

　　一罐咸菜，管一星期，若有条件，会回锅过火。

　　有个老兄，家住得远，学得投入，咸菜常忘记回锅，打开时，上面一层毫。

　　不信邪，偏要吃，结果，拉了几天肚子。

92

艾叶飘香

端午节这天，天蒙蒙亮，母亲便将孩子们喊起来。

人齐了。

母亲递过毛巾，让我们去水田里，沾稻秧苗上的晨露，敷在眼睛上。

老辈子人讲，此举可防火眼。

晨露洗眼，不知有效否，但其清凉从眼皮直沁入脑，渗入肺腑。

光脚丫上，沾上了不少绒毛，痒痒的。

洗完眼睛，遇见母亲在门口，将艾叶插在大门两边的砖缝里。

据说，早上采回新鲜艾叶，带着露珠，祛邪避灾。

艾叶能祛湿，端午前后，天气潮湿，在母亲眼里，这是信仰。

不光艾叶，吃也讲究。

父亲揉面团，薄皮做油饺子，条状炸油条，还捏各种形状的面果。

刚出锅的油饺子，香甜酥软，还透着一股芝麻香。

做面果是个技术活，母亲能折出飞机、蝴蝶等好多形状。

炸货出锅后，送隔壁左右，让大家都尝尝。

隔壁的婶娘也送来手艺给我们尝，村子里，人头攒动着，热闹得很。

锅里"炸货"翻腾，堂屋里，姐妹则忙着织网袋，装红鸡蛋，挂在小孩脖子上。

姐妹将红线一头挂在椅子扶手上，两人合作，半小时便能织成一个。

中午的主食，一般都是包面，猪肉和包面皮子是头天买回来的，早就剁成了肉馅，和上碎蒜，包成了包面。

　　出锅的包面，撒上点儿葱花，点上芝麻油。

　　真香啊。

　　我想要吃上三碗，结果，两碗下来，已经撑到嗓子眼了。

　　眼高手低，贪心不足，就是这样。

93

斗鸡

没玩过斗鸡的孩子，不配在乡村。

何谓斗鸡？

一腿撑地，另一腿以膝互怼。

怼垮对方为赢。

怼倒在地，肉山倾倒，笑个不停。

爬起来，拍拍屁股，烟尘滚滚，再投入战斗。

斗鸡简单，发起战斗快，投入战斗快。

下课铃声一响，男孩冲出教室。

土操场就是斗鸡场。

乡村孩子的创造力，在天地之间，就地取材。

斗鸡就是明证。

右腿要站得住，是战斗力的重要基础。

左腿要怼得狠，是战斗力的直接保障。

弯左腿，右手握左脚腕，掰到右边大腿中部。

左腿膝盖，成锐角，这是攻击武器。

斗鸡中，大个子自然占优势。

他们底盘稳，不容易被怼倒。

所以，组战队的时候，尽可能挑一些个子大的。

这个诀窍，傻子都知道。

所以，大个子一般被选为队长，由他们挑队员。

这也是基于公平的考虑。

斗鸡有几种战术。

一种是"压"。

这种战术一般在我强敌弱时用。

"咚咚咚"，以泰山压顶之势，冲了过去。

仗着体积高大，肥胯子往下压，对方如果接个正着，一般招架不住。

对付压的办法，一般是走为上策，弯到对方屁股后头，侧怼。

另一种战术，是"挑"。

从侧面进攻，挑对方膝盖，瓦解对方的武装。

不好，大个子冲过来了！

躲不开了，怎么办？

不要正面接招，膝盖往下一垂，虚应。

对方的压倒之势，扑空了。

摔他个仰八叉！

94

看戏去

小助哥气喘吁吁，来到秧田边，头上直冒汗。

夏日午后的阳光还烈，小助哥拿手当扇子，边扇风，边断断续续说道："县里的戏班子来了，今晚开戏，连唱五天。"

他一口气跑两里地，接着还要去吴家垮送信。

听到这个消息，妈妈扯秧扯得更快了。

我丢开老牛，躺在田埂上。

要是能借来《西游记》中的宝葫芦，真想马上把天装起来。

天，终于杀黑了。

吃过晚饭，操起手电筒，前屋后屋跑，喊六叔、三伯、细婶儿。长长的队伍，浩浩荡荡，出发。

田埂窄，不能并排走，一个跟着一个。

人们一只手打电筒，另一只手扶着肩上的凳子。

因是去舅舅的村子，我们自然不需带凳子。

走着，脚下跳出去的，是青蛙。

六叔拿手电一照，青蛙一动不动。

轻轻地靠近，拇指和食指一钳，滑腻腻的家伙，被扔进了袋子。

有时，听到草丛里窸窸窣窣的，拿手电照时，只看见一条尾巴，草由近及远地晃动，是水蛇。

当然，最不甘寂寞的是虫子，它们在开演唱会。

合唱，高音、低音、重音，还有走调的。

宽敞的稻场，挤满各村来的人。

戏台子很大，一人高，服装五颜六色，锣鼓"叮叮哐啷"，唱词"咿咿呀呀"。

一句都听不懂。

奶奶一边打蒲扇，一边够着看，伸长了脖子。

"快看穆桂英，来了，挂帅出征，了不得咧。"

大人看的是台上的戏，小孩看的是台下的戏。

95

弹珠子

门口，泡桐树下，挖三个洞，呈一条直线。

间隔嘛，一米左右。

一人放一颗玻璃珠子。

剪刀锤子布，谁赢了谁先弹。

剪刀遇到锤子，对方先。

于是，我放玻璃珠子于刁钻处。

何谓刁钻处？就是有坑，或有障碍物的地方。

总之，不要让对方那么舒服地弹中我的珠子。

没打中，该我了！

弹珠的规则，打中了接着打，打不中就换对方。

虎口含珠，弯曲拇指，指甲扣在食指第一关节。

趴在地上，闭一只眼，瞄准，拇指向外，猛然发力，走！

珠子弹了出去，打中了不算赢，要打对方的珠子进洞。

所以，要把对方的珠子往洞口赶。

注意，有顺序，必须按照洞的级别，可不能乱，乱了扣珠子。

一洞是孙悟空级，对方进了洞，珠子就归我了。

二洞是唐三藏级，输一个补一个。

三洞是如来佛级，输一个补两个。

一轮打下来，战利品不少，几个月以来，我的三个罐头瓶装得满满的，事实胜于雄辩。

弹珠子也有诀窍。

低，是弹珠子的王道。身子要趴得低，能多低就多低，脸贴地最好。

俗话说，水低为海，人低为王，同一个道理。

那种怕把衣服搞脏搞破的讲究人，弹珠子也不会有出息。

瞄准当然很重要，这是方向问题。

弹珠子好比射箭，睁一只眼闭一只眼，不是不管，而是会管。

弹的力度嘛，也要恰到好处，这个，只可意会，不可言说。

96

抹子

男娃适合斗鸡，女娃适合跳房子，抹子男女皆宜。

抹子，需要一副石头子儿。

一副好的石头子儿，可不容易得来。

马囊骨做石子，结实。

马囊骨是什么玩意儿？

是一种大山石，做地基用的。

找把锤子，锤破它。

散落一地，选几个，拇指甲盖那么大。

锉边角，磨圆。

七个石子儿为一副。

找块平地，坐在地上，坐着抓。

或者，找个水泥台子，不能太高，站着抓。

七个石子儿放地上，散开，又不能太开。

选一粒石子，作为"种子选手"。

握在手心里，垂直扔到空中。

落下来的工夫，要在剩下的石子儿里，抓取一个，放在手心，再抓第二个，以此类推，直到七个石子儿都在手上了，就算赢。

中间如果有哪个没抓住，就归对方抓。

春枝姐个子大，却是抹子高手。

一手扔，一手抓，扔得高，抓得稳，接得住，令人惊叹不已。

而我呢，每次都是抓到第三回合，手上有了四个子儿时，失手。

于是，每当春枝姐抹子，我就瞪大眼睛，观察她的手法。

看了几次后，发现手法并无特别之处，熟练应该是个很大的原因。

"百次"看春枝姐抹子，却百思不得其解其中的精髓。

某一天，突然发现了其中的奥秘。

七个小石头静静躺在春枝姐的掌心，就像七个小矮人和白雪公主同处一室。

原来，巴掌大，宜抹子。

恍然大悟，如抹子一样，世间许多事，光努力无用，天赋也很重要。

97

燕子

"燕子，鼻子塌，吃皮蛋，鼻子就高。"
周干娘还没开口，笑就把眼角的皱纹揪起来。
三岁的燕子，一头撞在母亲的腿上，缠着大人买皮蛋。
哪个女娃不爱俏？燕子可是最爱俏的宝。
她出生不久，在摇篮里，我把她抱到凳子上。

母亲一回头，惊出一身汗。

乖乖，这么大的娃，哪能坐得住？

幸亏发现及时，免遭鸡飞蛋打之祸。

姑妈从县城带回来一盒创可贴。

燕子拿着创可贴，跑到稻田边。

等。

她在等什么？

不好，周干娘的手被镰刀拉了个口子。

扯块白布，蒙上，止血。

燕子一口气下稻田，帮周干娘贴上。

"我家有创可贴，一贴就好了。"

周干娘笑得抽，嘴巴都合不拢。

晓得燕子爱俏，姑妈又带来一双雨鞋，上面有一对小象，俏皮得很。

燕子每天醒来，背着小手跑到屋外，又背着小手回来，摇摇头说，唉，又是个晴天。

母亲回来，燕子缠过去，腻歪得很，摇头晃脑。

"妈妈，你腰痛不痛？你腰痛不痛？"

生燕子的时候，母亲大出血，差点儿死去，老天可怜她，也可怜燕子。

不经意间，母亲说过，生燕子落下腰痛的毛病，只要腰痛，第二天准下雨。

某天，干完一天的农活，吃完晚饭，母亲在灯下，缝缝补补。

燕子古灵精怪，蹑手蹑脚走过去，用她的小手，在母亲的腰和背上捏起来。

果然，女儿是父母的小棉袄。

98

侉三爷

村里爱读书的，当数侉三爷。

学问大的，还数侉三爷。

大万村，爷就是叔，叔就是爷。

侉三爷的字号，有些讲究。

大万村把不说方言的统称侉子。

长辈和平辈喊他侉子，晚辈喊侉三爷。

出门，遇到侉三爷，手拿一本书，摇头晃脑。

口中的学问是"之乎者也"，手中的树枝是"吴王试剑"。

你学了去飞天吗？

侉三爷白了德正爹爹一眼。

虽没回嘴，但那神态里是一万个不服。

燕雀安知鸿鹄之志哉！

侉三爷不是燕雀，他的志向却像燕雀，有翅膀。

出去求学，带回来一个高挑身材、白白皮肤、头发微卷、穿一件米色长风衣的女子。

村里的小孩都看呆了。

看什么看？叫三婶儿！

一巴掌打在我头上，我脱口而出，侉婶儿。

也是个侉子，哈哈。

对，侉子就该配侉子。

听说我学习成绩好，他把我叫到屋里。

窗户纸哗啦哗啦，家徒四壁，除了书。

他抽出一本书，捧过头顶，然后放下，送到我手里。

这本书是我最爱的，观察了你好久，总算找到传人了。

我呢，迟早要离开这个村，外面的世界，很大，很大。

时隔数日，侉三爷带着他那洋气的媳妇，去了很远的地方，从此杳无音讯。

我也去县城求学，偶尔回乡，会打听他的消息。

到外地工作，时常会想起，侉三爷的书屋，窗户纸哗啦哗啦。

许多年过去，越想侉三爷的话，越觉得真对。

志向有多大，世界就有多大。

99

新大姐

一万响的鞭炮，炸得鸡犬不宁。

青太哥接媳妇，屋里屋外都是人。

青太哥领着新媳妇，拿着烟，挨个散。

散到前喜伯伯跟前儿，转身要走。

前喜伯伯一把扯住小媳妇。

"新大姐，给伢他爷点上。"

在大万村，新媳妇也叫新大姐。

前喜伯伯朝我努嘴，我心领神会，推大瘌、细癞。

这两个货，在地上滚几滚。

灰头土脸，一齐爬上了新大姐的床。

好端端的一床新被子，风尘仆仆的样子，应了景。

平时咬牙切齿，大巴掌打我们屁股的青太哥，笑得有点儿和蔼，有些腼腆。

滚床单的习俗，不知从哪年传下来的，越脏越有福气。

这还不算，前喜伯伯对我耳语一阵。

一场秘密行动，就要开始了。

各人都陆续回屋子了，我带四五个孩子，钻到床下。

捂嘴笑，既兴奋，又害怕。

多少年后，回想起当晚，只记得睡着了。

如果，今天还有这样的机会，决然不会不竖起耳朵的。

大万村的历史里，有没有钻床底的风俗，还不得而知。

反正，青太哥和新大姐过了一年多，就生了对双胞胎，俩胖小子。四奶奶斩钉截铁地说，就是滚床单、钻床底的功劳！

不好，新大姐嫁的绣花鞋丢了，只剩下一只，满屋找不见。

出嫁那天，亲娘哭得肝肠寸断，亲手替她穿上的鞋可不能丢！

悬案久未破，正当新大姐不得不接受现实时，奇迹出现了！

某天，田干抽水，粗黑的水管里，冲出一只绣花鞋。

100

三舅

三舅这个大队书记，其实就是个地道的农民。

从田里回来，腿上的泥一半干，一半不干。

点支烟，眯着眼，抽一口，吞云吐雾。

收音机里传出乐曲，他听得入神。

一个小孩，随着乐曲，手舞足蹈，自我陶醉。

他放下烟袋，睁大眼睛。

他笑，往后仰，往前俯，站起来，捂肚子。

泥腿子在地上跺，一边跺脚，一边大笑。

好不容易止住了笑，断断续续地说："笑得我腿抽筋了。"

三舅是书记，平时严肃，不像今天。

他床边有领袖的选集，堂屋里的玻璃板后，嵌领袖大幅像。

他爱这些像，经常擦玻璃。

他也爱照相。

那年，我给他照了几张，回去后，将这事忘记了。

又有一年，我回乡看他。

舅妈眼角有泪，三舅被刚确诊为肺癌晚期。

舅妈嘱咐我，不要说漏嘴。

三舅在卫生所边打点滴，边看电视。见我进屋，对我说："现在农村政策好，种地不用上交，国家还给钱。肺炎好了，要多承包一些地。"

刚说完，突然停下，不说话，半晌道："那年，你照的相，照完就没尾巴了（没下文了）。"

我忙说，回去就洗出来寄回。回城后，我到处翻箱倒柜，却都找不到底片。

母亲来电话告诉我，三舅走了。

我问，他到哪里去了？

电话那头，母亲哽咽无言。

过年，回乡下，三舅的照片摆在堂屋。

还是笑眯眯，仿佛说："娃儿，照片呢？"

后 记

他骑牛出函谷关，我骑牛穿一道门。

一路上，温暖我的人不少。大万小学吴顺山老师鼓励我写日记，习惯保持至今。麻城实验一小夏胜平老师，以让我写检讨为名练文笔，次次不许雷同。龙池中学语文老师胡晓明女士，每上课之前背靠门框朗诵名篇。某日，诵高尔基宏文，彼时海燕尾剪乌云，于电闪雷鸣中，一箭冲天。他们用红波浪线画出我作文中的好词好句，用一浪接一浪的鼓励，推我入文学之海。

2019年春，《中国电力报》逄博老师称小文喜欢者众，领导建议开专栏，还请著名漫画家吉建芳女士配图。2021年9月，当我完成百篇创作时，人民日报出版社陈红老师建议我结集出版，并提供指导。2022年初，何玉兴先生、任林举先生、成君忆先生分别给本书作序；我随大哥去张羡崇先生家中，这位中国电力书法家协会主席欣然题写了书名。他笑声爽朗，温暖扑面，翰墨飘香，如闻稻谷之厚重、虔诚。

这本小册子的出版，倾注了许多前辈和朋友的心血，在此不一一列举。

笛声一曲悠扬红霞染，跃下牛背致敬领路人。

人到中年，出此小册，如中年得子，欣喜，惶恐。

牛背宽宽，可容沧海水，可纳巫山云。

来吧，上牛背。

回家吃饭。

本书插图

吉建芳，陕西延安人，新闻高级编辑，专栏漫画家，中国作家协会会员。1996年开始创作并发表漫画作品，2002年起，先后在国内60多家报刊开设漫画专栏，已出版文学、漫画和插画作品70余部，曾为著名作家、文化部原部长王蒙的十部著作绘制插画，是国内为数不多的女漫画家中较为活跃的一位。

文创工作室也称基围虾文创工作室，是由夏伟和吉建芳共同发起的文创品牌，成立于2021年11月22日，致力于策划制作走心的文创产品。工作室的核心价值观为：简单、专注、友好（简单，直至本真；专注，直至忘我；友好，直至心通）。

JWX 文创工作室
微信扫描二维码　关注我们的公众号